許される恋

This love is allowed

火崎 勇

YOU HIZAKI presents

ガッシュ文庫
KAIOHSHA

イラスト／駒城ミチヲ

CONTENTS

本作品の内容はすべてフィクションです。
実在の人物・地名・団体・事件などとは一切関係ありません。

許される恋

「君ねぇ、打ち合わせに資料を忘れるなんて、あり得ないよ」

クライアントの担当者である中年の男は、盛り上がった肉で細くなった目を、更に細くしてこちらを睨《にら》んだ。

小さな会議室。

雰囲気は最悪だった。

「でも小倉《おぐら》さんが資料はいらないとおっしゃったので…」

頭を下げながら、傍らに控えていたもう一人の若い担当の方へ視線を向ける。

名前を出された小倉さんは、芝居がかっていると思うほど驚いた表情を見せた。

「俺が？　そんなこと言うわけないでしょう。打ち合わせに資料がいらないなんて、あり得ないですよ」

彼の言葉は俺に向けてのものではなく、上司である太った男への言い訳だ。

「でもメールで戴いて、ちゃんとまだそれが残ってますし」

自分は悪くない。絶対に。入社して初めての仕事だから、全てに注意をしていた。書類だってメールだって、必ず二度は見返した。これは自分にとって、いいがかりとしか言いようのないことだ。

「メールなんて、これから自分で作って自分で送ればいいもんでしょう。筆跡があるわけでもないんだから」

「でも…！」

「中根《なかね》」

同行していた上司の丹羽《にわ》さんが、まだ反論しようとする俺の名を呼んで制止した。

「もういい。止めろ」

「でも丹羽さん、俺、本当に…」

「この度は、うちの新人が大変失礼をいたしました。これはこちらのミスです」

立ち上がり、二人に深々と下げる頭。

「中根、お前も謝罪しろ」

俺は悪くないのに。

けれど先輩が頭を下げているのに、自分がこれ以上意地を張ることは出来なかった。

「…申し訳…ありませんでした」

絞り出す声。

泣きたいほど悔しいけれど、涙を見せてはいけないことぐらいはわかった。

「うむ」

「今回のお仕事は、こちらから辞退させていただく、ということで」

そんな…。

「そうしてもらおうか。ご苦労様」

「いえ。次回はこの様なことのないよう、細心の注意を払いますので、また機会がありましたら、よろしくお願いいたします。次回は、詳しい説明をゆっくりとお伺いできるよう、席を設けますので」

「そうだな。夏頃にまた」

「はい。では、本日はこれで失礼させていただきます」

早々に丹羽さんは席を立ち、俺らも付いて来るよう促した。

言いたいことは山ほどある。まだこの場を去りたくない。悪いのはそこにいる小倉であって、俺ではない、悪いことをしていないのにどうして仕事を諦めなければならないのか。

「…失礼します」

でもこの中で一番弱い立場の自分では、腹の立つ相手に頭を下げ、おとなしくその場をさるしかない。

辛かった。

悔しかった。

情けなかった。

どうしてメールを貰《もら》った時に誰かに相談しなかったのだろう。先方に確認を取らなかったのだろう。

いらないと言われても、一応資料を持ってくればよかった。

今思えば、ほんの少し考えればこの状態を引き起こさずに済んだのに、と思うと自己嫌悪でいっぱいだった。

「そうしょげるな」

建物を出ると、俯《うつむ》いて歩く俺の背中を先輩がポンと叩《たた》く。

「今回のコンペはデキレースなんだろ」

「デキレース…？」

「多分、もう契約先は決まってる。だから、それ以外の他社を落とす理由を、向こうも必死になって作ってるだけだ。お前はワナにはまっただけだ」

「そんな…。決まってるんならそう言ってくれればいいのに、こんなこと…」

「公平に競争にかけて決まりましたって形が必要なのさ。だがこっちがあっさり引いたから向こうのメンツも立った。夏の新商品にはちゃんとコンペにかけてくれるだろう。その前に接待もチラつかせといたしな」

いつも無愛想な先輩が、にっこりとした笑みを向けてくれる。

その微笑《ほほえ》みに、悔しさと悲しさが和らいだ。

突然伸びてきた手が、乱暴に頭を撫《な》でる。

「お前はよくやった」

その乱暴さが、更に俯いた気分を吹き飛ばす。

「あそこで言い訳を引っ込めて、俺に従っただけでも、いい仕事をした。『自分は』とゴネられたら、俺もクライアントも面倒なことになったからな。中根には、社会人として必要な忍耐がある」

「でも、俺のミスでしたし…」

「ミスじゃない。経験不足だっただけだ。そのうち、こういうやり方があると覚えれば、同じことはしないだろう」

「丹羽さん…」

「失敗だと思うなら、覚えておけ。今、ああすればよかった、こうすればよかったと後悔するなら、それを次の時の糧にしろ。中根ならきっとそれができる」

自分がダメな人間だと落ち込んだ時だったから、『これでいい』と肯定してくれた言葉は嬉しかった。

自分を信じてくれる言葉が、ありがたかった。

後から考えれば、先輩が後輩を慰《なぐさ》める時の定番のセリフだったのかもしれない。でもこの時の俺はそんなことを考える余裕なんてなかった。

ただ感激して、この時のことは一生忘れないと思った。

「コーヒーでも飲むか。ケーキも付けてやるぞ」

だから、不器用に慰めてくれる先輩に、微笑み返すことができた。

「俺、女の子じゃないですよ」

「笑ったな。その方がいい。なぁに、まだお前は研修中なんだ。いいことも悪いことも学んでいけ。それと、男だって甘い物ぐらい食うもんだ」

「はい」

社会人になって初めて辛いことと嬉しいことを一度に味わったこの日のことは、深く胸に残った。

本当に深く…。


大学生が就職先を選ぶ理由は、将来の安定性や、イメージや、先輩の紹介と言ったところだろう。

そして俺、中根有希《ゆき》はその中のイメージという理由で、広告代理店を選んだ。

特別に何かやりたいことがあったわけではない。突出した才能があるわけでもない。誰かを出し抜いて戦うということも得手ではない。

なので、働くということに、自分の手で何かを築いたという手応えが欲しいと思った。

かといって製造業で残すほどの何かを作るには資格がいる。

広告にしても、クリエーターは無理だろう。

けれど、調べてみると、広告代理店の社員の殆《ほとん》どは事務職で、更にその大半が営業だということがわかった。

広告の依頼を取ってきたり、クリエーターに製作を依頼することなら、自分にも出来るかもしれない。築くことは無理でも、携わることはできる。そう思ってフェザー・エージェンシーのドアを叩いたのだ。

無事入社できたのはいいけれど、研修中に失敗を犯してしまった俺は、それが原因なのか最初の一年間総務に回された。

そして二年目、再び営業への異動を受けて付いたのは、研修の時に面倒を見てくれたあの丹羽哲也《てつや》さんだった。

素直に喜んだのだけれど、どうやら丹羽さんは俺のことを覚えていないようだった。

当然だろう。

彼は俺の同期の者の面倒も見たみたいだし、今年も研修を受け持った。俺なんて、その多くの新人の一人でしかないのだ。

俺が感動したあの慰めの言葉も、もしかしたら定番のものだったのかも。

それでも、丹羽さんの下につけたのは幸運だった。

営業の仕事は、大きく分けて三つ。

まずは自社の商品の広告をしたいと思うクライアントと交渉する部門。次いで広告製作をするクリエーターとの交渉部門。これは大手だと内部にクリエーターを抱え込んでる場合もあるが、名のあるデザイナーや映画監督を起用する場合は、大手も外注に出すので必要な部門だ。

三つ目が媒体、つまり雑誌や新聞やテレビ、ラジオ、近年ではネットなどの会社に広告を載せてくれと交渉する部門。

この三つの中で、一番大切なのは、広告を依頼してくる企業との交渉だ。広告の依頼がなければ会社の売上がなくなる。

部門、と言ったが、うちの会社ではこの三つが明確に分かれているわけではない。

一つの広告を受けたら、その担当が三つの仕事をトータルでこなすことが多い。

けれどやはり人によっては得意分野があり、広告主に気に入られている人、クリエーターと親交が深い人、媒体に顔が利く人、などは専門職のようになっている。

丹羽さんは広告主、クライアントに気に入られている人だった。

彼はクライアントの意向を読み取るのが上手く、誠実で、安請け合いなどせず、出来ることと出来ないことを、ハッキリと口にするので、企業の担当達から信頼が厚い。なので他の仕事も手掛けるが、クライアントから仕事を取ってくるのが主な仕事だ。

広告代理店は、超が付くほどの大手と、そのずっと下にはなるが強みを持つ大手二社の三社が大体の仕事を占有している。

特に超大手の一社は、会社社長の息子等、金持ちの子弟が多く働いていて、その関係上企業はそこの会社に広告を依頼するという図式が出来上がっている。

中堅の会社は、我が社も含め、なかなか大きい仕事に食い込みにくいというのが、正直な現状だ。

そんな中にあって、丹羽さんは幾つも大きな仕事を取ってきていた。

縁故なんかではない。彼の実力で。

彼の下について、そのことがよくわかった。

クライアントの望みを読むのが上手く、クリエーターの信頼を勝ち取るのが上手く、媒体の人間は上下関係なくしっかりとしたパイプを確保している。

それは偏《ひとえ》に彼の人柄によるものなのだと。

丹羽さんは、信念のある人だった。

だからと言って頑なで自分本位というわけではない。臨機応変という言葉も知っているし、相手の話には丁寧に耳を傾け、意志を通す時には説得にも時間をかける。

世の中が綺麗《きれい》事だけでは片付かないことを知っていて、それを上手く使える。

何より彼の言葉にはブレがない。相手が誰であろうと、何時であろうと、どこであろうと、その場凌《しの》ぎの態度は示さない。

それがちょっと怖いと思う時はあるのだけれど…。

基本的に彼は優しくて、面倒見がいいが、それは俺にだけではない。部署内の誰にでも同じように優しく、面倒見がいい。相手を選ぶこともないのだ。自分にとっては少し寂しいことだけれど。

研修の時に一緒だったのは、僅か二週間だった。

その二週間の間に、自分はあの大きなポカをしたのだ。

その後、事業部というのに回された時、ミスなどしなかったのに随分と怒られた。態度がはっきりしない、と言われて。その次に総務に行った。総務は書類の書き方やパソコンソフトの使い方を教えられてる間に研修が終わったので、ミスすることも叱《しか》られることもなかった。

結局、机に向かっていることが苦にならないようだという理由で、総務に配属された。

都合三つの部署を回ってみて感じたのは、丹羽さんが特別な人だということだった。

彼はミスの説明をしてくれた。またやり直せばいいと次のチャンスをくれた。頭ごなしに怒ったり、上から目線で『だから新人は…』とも言わなかった。

怒ると叱るの違いがわかってる人だった。

それは改めて彼の下についた時にも強く感じたことだ。

だから、この人は仕事が出来るのだ。

だから信頼を得ているのだ。

だから…、俺はこの人が好きなのだ、と。

自分が、性的にバイかホモか、悩んだことはなかった。

女の子と付き合ったこともあったし、男の先輩に憧れたこともあったが、どちらも特別意識してそうなったわけではなく、何となくその相手の個性を好きになったからだった。

なので、男だけが好きだとか、女でなければダメだとか、意識もしなかった。

意識しないまま、丹羽さんに惹《ひ》かれていた。

研修の時の強烈なインパクト。

再び彼の下に配属された時、それが幻想でも思い違いでもないことを確認して、仕事ぶりに憧れを感じた。彼の役に立つことが嬉しくて、彼に認められたいと思って、一生懸命になった。

彼の、特別になりたい。

必要とされたい。

他の同僚が褒められたりすると、軽い嫉妬心を覚えたりもした。

けれどそれは単なるライバル意識だと思っていた。

上司に認められたいというのは、男としてごく当然の欲求だし、それが気に入ってる上司なら尚更だ。

けれど、丹羽さんにコーヒーを運ぶ女性達が「ありがとう」の言葉と感謝の笑顔を向けられることにも、もやもやとしたものを感じるようになると、俺は自分の中にあるものが単なる尊敬だけではないことに気づき始めた。

情報の溢《あふ》れ返っている世の中だ。

普通と違うものでも、それが何であるかという答えはごろごろと転がっている。

ましてや、丹羽さんに近づかれる度に心臓の鼓動が激しくなれば、それが憧れなんかをとうに通り越していることはすぐにわかった。

俺は、この人が好きなのだ。

女の子をライバルとして見てしまう意味で。

かと言って、その気持ちをすぐに相手に伝えるわけにはいかなかった。

どんなにメディアで許容されていても、同性愛はまだ一般的には簡単に受け入れられているものではない。

丹羽さんが、そういうことを許容しているかどうかさえわからない。それどころか、彼は女性にモテるし、浮名を流すことも多い。女好きというほどではないけれど、相手に困っていないのは事実だ。

つまり男性を相手にするタイプではない、というわけだ。

自分の気持ちに気づこうがどうしようが、これは誰にも言えるものではなかった。もちろん、本人にも。そんなことを口にして、嫌われるのが怖くて。

ただひたすらに隠し、共に働けることだけを喜びとするしかない。

それが辛くても、苦しくても、部下としての信頼すら失うことの方が怖い。

「中根」

と名前を呼んで微笑んでもらえる。今のこの状況だけで満足するしかない。

それが俺の今の状況だった。


「それでは、木内李花《きうちりか》さんの寿退社及びトヨシマ自動車の全面広告受注に乾杯！」

部長の音頭で上げられた杯が、そこここでカチンカチンと軽やかな音を立てる。

「全面広告ってことは、テレビも新聞もラジオも全部ってことだろ？」

「雑誌も、だぜ」

我が社の行きつけの居酒屋は、本日貸し切り。

テーブル席も、座敷も、うちの会社の人間で溢れている。

営業の一課から三課までの全員が集まるなどということは、滅多にないことだが、それだけの理由はあった。

寿退社が決まった木内さんの結婚相手が、取引先の社長の息子であることと、うちのような中堅代理店が、自動車メーカーという大手の、しかも全ての媒体を相手にした全面広告を引き受けたという大きなプロジェクトのお祝いだからだ。

その手柄を上げたのは、丹羽さんだった。

なので彼は、座敷の奥の席で皆に囲まれている。

「本当にプロジェクトリーダーになるつもりはないのかね？」

部長の言葉に、丹羽さんはビールを片手に笑った。

「今別件も扱ってるんで、トヨシマ自動車だけにかかりきりになれませんからね。それぐらいなら、一括して引き受けられる人間が担当になった方がいいでしょう」

「受けてるのって、小さいところだろう？」

「小さくてもクライアントはクライアントですよ。また次に繋がるかもしれないじゃないですか。それに、俺は受注営業の人間ですから、実際のクリエイティブな作業は俺より課長の方が上手いです」

言いながら、丹羽さんは近くで飲んでいる一課の課長、宮崎《みやざき》さんに視線を送った。

「そうか？　ま、本人が辞退するならそれも仕方のないことか。もしかして遠慮してるなら…」

「俺はそれほどおくゆかしい人間じゃないですよ。今日だって、会社の奢《おご》りですから、たっぷり飲ませてもらいますしね。ま、正直言えば面倒臭いから逃げたってことで」

「正直過ぎるだろう、その発言は」

「じゃ聞かなかったことに。俺はもう飲んでるんで、酔っ払いの戯言《たわごと》とでも」

「飲め、飲め。今回の立役者だ」

「違いますよ、今回の主役は木内さんでしょう?」

「彼女にはこれからダンナを口説いてうちに仕事を回してもらわないとな」

「だったら、接待しないと」

「それは三課の連中がするだろう。元同僚なんだ。あっちはあっち、こっちはこっちさ。さ、飲め」

部長は上機嫌で丹羽さんのグラスに、まだ中身が残っているのに更にビールを注いだ。

俺は二人の会話が聞こえる場所で飲んでいたのだが、すぐに部長と共にその場所を取られた。

独身である丹羽さん狙いの女子社員達に、だ。

仕事の時は怖くても、独身、有望株、ハンサムと三拍子揃《そろ》った彼を、女性陣が見逃すはずがない。しかも彼には今決まった相手もおらず、同僚の木内さんが玉の輿に乗ったこともあり、今夜の彼女達は本気モードだった。

「木内さんみたいな美人がいなくなって、丹羽さんもガッカリなんじゃないですか?」

「それとも好みが違います?」

「丹羽さんの好みってどんな女性ですか?」

「結婚とか考えないんですか?」

彼女達のアピールに不安は募る。

「結婚は考えるさ。そのうち突然するかもしれないぞ」

と笑う彼の言葉にも。

けれど、ここであの輪の中に入ってゆく勇気はなかった。俺の気持ちがバレなかったとしても、彼女達の野望を邪魔する者に容赦はないだろう。

女性陣に囲まれる丹羽さんを眺めていると、同期の人間に声をかけられた。

「中根も残念だったな。丹羽さんがプロジェクトリーダー引き受けてれば、お前もいいポジションにつけたのに」

黙ったまま過ごすわけにはいかないので、一旦彼から視線を外す。

「別に。残念でもないよ。変に忙しくなるより、現状維持のがいいさ」

「欲がないんだな」

「そうでもない。今回の件で社長賞が出た」

「マジ? 幾ら?」

「それはヒミツ」

けれどやはり会話をしながらも、視線はちらちらと丹羽さんに向けていた。

丹羽さんは愛想よく笑ってはいたが、女性達の誘いにのる気配はなく、やがて彼女達も別の獲物を求めて散って行った。

だがそうなると今度は上司達が彼を囲み、小声で話し始めた。祝いの言葉から仕事の話に移ったらしく、難しい顔をしていて、とても俺ごときが近づける雰囲気ではない。

結局、今日は近くにゆく機会はなさそうだと諦めるしかなかった。

別に自分は今日だけが彼と飲むチャンスではない。

丹羽さんとなら、明日にだってまた仕事帰りに誘うことができる。自分が一番彼に近い人間なのだと、自分を慰めて。

そうして皆それぞれに酒を飲み、料理をつつき、貸し切りの居酒屋での宴は終わった。

三課の連中とはそこで別れ、木内さんの退社祝いと仕事の祝勝会というタイトルは外されたが、週末で明日は休みということもあり、有志は次の店へ、また次の店へと人数を減らしながら移動する。それでも、仕事の打ち合わせがあるのか、功労賞のメインだからか、丹羽さんは退席させてもらえなかった。

彼が残るなら、話ができなくても、つい自分も残ってしまう。最後の最後になれば、きっと人数ももっと減って会話することができるだろうと期待して。

その期待は最後の最後で叶《かな》えられた。

三軒目の店を出た時、流石の丹羽さんも酔った足取りで俺の肩に手をかけたのだ。

「今日は酔っ払ったな」

酔った上司が部下の肩を借りる。

そんな当たり前のことにさえ、胸が早鐘のように鳴る。

「大丈夫ですか？」

「ああ。コーヒーの一杯でも飲みたい気分だ」

「つ…、付き合いますよ」

「いいのか？　終電逃すぞ」

「もうタクシーで帰ろうって決めてましたし」

「そうか。…じゃ、うちに来るか？」

「え…」

意外な誘い。

「どうせ明日は休みだし、何だったら泊まってってってもいいぞ」

今まで、彼の部屋に誘われたことなどなかった。

実はしこたま酔っていたのだけれど、コーヒー一杯付き合うのも眠らないようにしなくちゃと思うほどだったのだけれど、これを断ることなんかできるわけがなかった。

「はい。行きます」

「そうと決まれば、タクシー停めてこい。タクシー代は俺が出してやる」

「はい」

単なるノリの誘いだとしても、何も起こらない夜だとしても、彼と一緒に過ごすことができる。

自分と丹羽さんの距離がまた少し縮まる。

そう思うだけで嬉しかった。

だから俺は小走りに大通りへ向かった。

彼の気が変わらないうちにタクシーを拾わなくては、と焦って。


丹羽さんとは会社でずっと一緒だし、食事にも、飲みにも行った。

けれど、彼の部屋を訪れるのは初めてだった。

彼だけでなく、会社の人間の家に遊びに行くのも初めてなのだけれど、それが『丹羽さん』であることが更に重要だ。

我が社で多分一番の稼ぎ頭である丹羽さんのマンションは、俺が住むアパートなんかと違って、立派なマンションだった。

まだ新しい2LDKの部屋は一部屋ずつが広くて、一人住まいには十分過ぎる広さだ。

「…いいとこ住んでますね」

「お前も頑張ればもっといいとこ住めるぞ」

答える丹羽さんも酔ってるのだろう、少し上機嫌だ。

「丹羽さんほどには無理ですよ」

「情けないこと言うな。ほら、リビング座って待ってろ、今コーヒー淹《い》れてやる」

「あ、はい。ありがとうございます」

リビング、と呼ばれた部屋は入ってすぐの柔らかいラグが敷かれた部屋で、大きなテレビと、その前にテーブル、テレビに向かって置かれた大きなソファが一つ。

一人暮らしだから当然なのだけれど、その一つのソファに並んで座ることになるのかと思うと緊張する。

キッチンから、何かのマシンみたいな大きな音が聞こえてくると、すぐに丹羽さんは湯気の立つカップを持って戻ってきた。

「ほらよ」

「あ、ありがとうございます」

手渡されるカップ。

緊張したのに、彼は自分のを持って床に腰を下ろした。ちょっと残念だけれど、ちょっとほっとする。

丹羽さんはネクタイを外してスーツのポケットに突っ込んだ。

「あの俺も床に…」

「いいから座ってろ。俺は足が長いから、床のが楽なんだ」

「…はい」

落ち着かない。

手が届くところに、プライベートの丹羽さんがいると思うだけでそわそわしてしまう。

沈黙が続くと気まずいと思って何か話題を探すのだが、これといった気の利いた言葉も出てこない。

部屋を眺め回すのも失礼だろうと思うと、視線の落ち着かせどころもない。

テーブルの上の灰皿を見た時、やっと会話の糸口が掴《つか》めた。

「あ、タバコ吸うんですよね。吸っていいですよ」

「そうか？　じゃ遠慮なく」

「最近はタバコの吸えない店も多いから、ヘビースモーカーの丹羽さんとしては大変ですよね」

「今日は吸える店だったけどな」

「…ですね」

せっかく喋《しゃべ》り始めたのに、そこでまた会話が切れる。

コーヒーは、俺にはちょっと濃くて、でもそのせいで少し目が覚めた。

「何だ、今日は静かだな。眠いのか?」

「まだ大丈夫です」

「まだってことは、もう少し眠いんだな? 待ってろ、俺のシャツ持ってきてやる」

「そんな、丹羽さんのシャツなんて」

「スーツで寝るわけにゃいかないだろ」

「寝る時には脱ぎます」

「シャツもだろ? 素っ裸で寝るのか?」

「そんなわけないでしょう」

「だったら着とけ、遠慮すんな。仕事の時にもらったメーカーのロゴ入りシャツとかがいっぱい余ってるから」

何だ、彼が着てたものではないのか。

ほっとするような、残念のような…。

丹羽さんはタバコに火を点けてから、咥《くわ》えタバコで奥に消えた。戻ってきた手には、ビニール袋に入ったままのTシャツがある。

「下はないが、男なんだからパンイチでもいいだろ」

「寝るまではズボン履いてますよ」

男同士だから意識してもおかしいだろうと、シャツを受け取り背中を向けてスーツの上着とワイシャツを脱ぎ、彼の目の前でTシャツに袖を通す。

振り向いた時には、彼の姿はなく、キッチンから新しいコーヒーを持って戻ってくるところだった。

「このシャツ、前にやった飲料メーカーの販促のですね」

「ああ。余ったんで何枚かもらってきた」

「俺も持ってます。今度持ってきてお返ししますね」

「いいよ。気にすんな」

丹羽さんも上着を脱ぎ、ワイシャツ姿で元の場所へ座る。

「しかし、木内が結婚するとはな。しかも次に会った時にはごきげんいかがですかって訊かなきゃならない相手になるわけだ」

彼はタバコをくゆらせ、俺はコーヒーを啜《すす》り、穏やかな声で他愛のない話をする。

「そんなの気にしますかね？　木内さん、わりとさばけてる人だったじゃないですか」

「あいつがどうこうじゃなく、仕事上の付き合いとしてさ」

いい雰囲気だった。

「そういえば、お前は結婚とか考えないのか？」

「はい？　何です、突然」

「いや、中根から彼女の話とか聞いたことがないから」

彼がこんな話をするまでは。

「俺は別にいません。今は仕事が一番ですから」

「真面目だな。そんなこと言ってるとタイミングを逃すぞ」

「別にいいですよ」

「仕事が忙しくて彼女を作る暇がないなら、紹介してやろうか？」

丹羽さんは、他意なく言っているのだろう。

けれど、俺としては複雑な気分だった。自分の好きな人に恋愛の心配をされるなんて。

「受付に北島《きたじま》って娘《こ》がいただろう」

「北島さんですか？　ええ、いますね」

「彼女なんかどうだ？　以前、お前のことを色々訊かれたぞ」

「別に…。そういうのはいいです」

「いいってことはないだろう。中根は性格もいいし、顔もいいし、仕事もできるし。俺としては弟みたいなもんだし、早く幸せになってもらいたいんだ」

言葉の刃が、サクッと俺を切る。

弟みたい、か。

「人のことより丹羽さんはどうなんです？」

「俺はいいんだ。俺は許されない恋に身を焼くタイプだから」

「何言ってるんです。適当に遊んでるの、知ってますよ」

「あれは遊びさ」

ああ、また胸が痛む。

『あれ』が遊びなら、他に本気があると言ってるみたいで。

「遊んでる人は、他人の世話なんか焼かなくていいんです」

「俺は中根が気に入ってるんだ、世話ぐらい焼かせろよ。北島が好みじゃないなら、うちの課の新田《にった》はどうだ？」

床に座っていた丹羽さんが、もたれかかるように俺のいるソファに身体を傾ける。

「あいつ、いつもお前にコーヒーとか持ってくるだろう。きっかけがないなら、俺が誘ってやるから三人で…」

「もういいです」

「遠慮するなって。他の娘がいいならそれでもいいんだぞ」

「止めてください」

「中根？」

彼が酔っているのは明白だった。

部長達に酒を勧められているのは見ていたし、いつもより饒舌《じょうぜつ》で、顔も赤い。だからこれは酔っ払いが絡んできているだけなのだ。

わかってはいても、嫌だった。

「俺…、好きな人がいるんです」

そして俺も酔っていた。

「誰だ？　教えろよ」

言うべきではないことを口にしてしまうくらい。

「…嫌です」

「どうして？　俺は取ったりしないぞ」

「人には言えない相手なんです」

そう言った途端、にやにやと笑っていた丹羽さんの顔から笑みが消えた。

「不倫か？」

「違います」

硬い表情がまた俺を切りつける。

そんな顔で、見ないで。そんな表情をしないで。

「許されない恋は止めた方がいいぞ。実りはなく、辛いだけだ。相手にも苦しみしか与えない」

当の本人に『相手に苦しみしか与えない』と言われるのは辛い。

「…そんなふうに言わないでください。さっき自分だって許されない恋に身を焼くタイプだって言ったじゃありませんか」

「俺のは冗談だろ。お前のためを思って言ってるんだ」

「もういいです」

「中根」

「好きになるのは自由でしょう?」

「後で辛くなるのはお前だぞ」

「今だって…、辛いです」

「だったら」

「でも好きなんです。簡単に言わないでください」

「簡単に言ってるわけじゃない。だから相談にだって乗るぞ。何でも言ってみろ」

「何でも?」

「ああ。どんなことでも、だ」

「じゃあ、もし俺の好きな人があなただと言ったら?」

表情を硬くした丹羽さんから言葉も消える。

「男同士なのに、あなたのことがずっと好きでした。本気で愛してるんです。…そう言ったらどうします？　聞かない方がいいでしょう？　丹羽さんの言う通り、聞くだけ迷惑でしょう？　だからこの話はもうしないでください。全部忘れてください」

丹羽さんがあんまりにも俺の気持ちを否定するから。彼から拒否ともとれる発言を聞いてしまったから、望みなどないとわかっての告白だった。いや、告白とも言えない、牽制《けんせい》だ。

人の気も知らないで傷つけた彼に対するほんの少しだけの意地悪だ。

そして、自分への通告でもあった。

聞いただろう？　彼は許されない恋は受け入れられないって。相手が辛くなるだけだって。更にこの沈黙が、男同士の恋愛など考えられないって言ってるようなものだ。

この気持ちに先はない。ここで終わりにしよう。そのために、後で笑い飛ばされても、言いたいことだけ言ってしまいたい。

好きだ、と言えただけでよしとしよう。『いやだな、冗談ですよ』と笑って、今まで通りの関係だけでも継続させてもらうんだ。

「いやだな…」

「お前、それ本気か？」

なのに、ごまかそうと作り笑いを浮かべた俺の言葉にかぶせてきた彼の問いかけ。

丹羽さんは、真剣な目をしていた。

「本当に俺が好きなんだな」

気づかれた…？

対人関係のスキルが高い彼に、自分が嘘《うそ》をつき通せるわけがないのか？

いや、まだ大丈夫だ。『冗談ですよ、そんなに真剣な顔しないでください』と言えばいい。そうすればきっと『何だ驚かすな』と彼も笑ってくれる。

でも…。

「……本気です」

俺にはできなかった。

彼が気づいていなければ、笑って済ませただろう。けれど丹羽さんが俺の気持ちに気づいて真剣に訊いているのなら、ずっと我慢していた気持ちを冗談で済ませたりしたくなかった。

「ずっと、好きでした」

バカだ。自分から遠ざけられるようなことを口にしてしまうなんて。

「でも、今返事は聞いたようなものですから、このことはもう…」

「そうか」

丹羽さんはタバコを消してふらりと立ち上がると、俺の手を取った。

「来い」

「…丹羽さん?」

叩き出されるのかと思ったが、彼は俺をそのまま奥の部屋へ引っ張って行った。

暗い部屋に大きなベッド。

何故寝室に俺を? 問う間もなく、ベッドの上へ座らされる。

「俺が好きってことは、俺に抱かれたいって意味だろう?」

きつい問いかけだ。でももう嘘はつけない。

「…そう…ですけど。でも丹羽さんは…」

「なら抱いてやる」

一瞬、何かを聞き間違えたのかと思った。

彼がそんなことを言い出すはずがないのに、酔って、あり得ない夢を見てるんじゃないかと。

「え…?」

だがそうではなかった。

「俺が『許して』やる」

「丹羽さん」

「そんなつもりじゃなかったって言うなら、今すぐ帰っていいぞ。だが残るなら、俺がお前を抱いてやる」

丹羽さんは俺の目を見て、目を細めた。

俺を通して、どこか遠くを見ているように。

「お前を抱きたくなった」

「待って…」

そして切なく、ふっ、と微笑むと、俺を引き寄せてキスをした。

優しくはない、強引なキスを…。


この歳だから、彼女ぐらい作ったことはあった。

ベッドの関係もあった。

けれど、それは自分が柔らかな身体を求めてしたことで、自分が快楽を与えられるための行為ではなかった。

男の生理は単純で、見て、触って興奮したら、最後は挿入して射精するだけ。自分も、そういうセックスしかしたことはなかった。

けれど、丹羽さんとのそれは全く違っていた。

ベッドに仰向けに倒され、シャツの下から差し込まれた手が乳首に触れる。

小さな突起はつままれ、弄《いじ》られ、こねくり回される。

女性のような乳房がないから指は執拗《しつよう》にその突起だけを弄る。

ただそれだけのことなのに、身体にはもう快感が生まれた。

ゾクゾクするような、焦れるような感覚。

触れられていない股間にも、それが伝わる。

「あの…」

男を抱くのは初めてなのか、男が相手でも大丈夫なのか、尋ねたかった。

途中までその気になって、やっぱりダメだったと言われるのは悲しいと思って。

けれど彼はそんな猶予など与えてくれなかった。

「あ…」

もし彼が男を抱くのは初めてだったとしても、絶対女性は相手にしたことがあるだろう。

多くの相手がいるという噂《うわさ》だけでなく、肌に触れることに慣れた手つきが、それを教えていた。

それに反して、俺は抱くことも経験が乏しい上、抱かれるのは初めて。

彼の手が与えてくれる快感に抗う術《すべ》もない。

ズボンのボタンが外され、ファスナーが下ろされ、下着一枚上から彼が俺に触れる。

「あ…」

戸惑ったのはこっちだった。

そんなにすぐに触れられると思っていなかったから。

けれど驚くべきはそれだけではなかった。

「や…」

丹羽さんの手は迷いなく俺の下着まで脱がし、直に触れてきたのだ。

握られてビクッと身体が震える。

「あ…」

自慰でもするように、少し乱暴に扱きあげられる。

直接的な刺激に、声が上がる。

それでも彼は行為を続けた。

「ん…っ。あ…、だめ…です…」

射精してしまいそうで、制止を口にしたのだが、彼は聞いてくれなかった。

硬さを増すモノが、尚も彼の手で翻弄される。

「あ…」

丹羽さんが身体を密着させるから、先が彼の服に擦《こす》られた。

「あ…」

ソコに触れていない方の手がシャツを更に捲《めく》り、胸に顔を埋めてくると、舌が胸の先を濡《ぬ》らす。

舌は生き物のように突起を転がし、快感を生む。

「あ…ぁ…」

清純ぶるわけじゃないけれど、こんなに感じるのは初めてだった。

それが『どこ』とか関係なく、触られるだけで全身の神経が溶けて、砕けて、微細な粒子になる。

粒子は再び彼が触れると、ざわざわと動きだし、皮膚の下を駆け巡る。

くすぐったいような、むず痒《がゆ》いような感覚は、やがて一つの方向性を持って流れ出す。

イきたい。

集まる熱を放出したいという方向へ。

「…ん…」

きっと、彼も俺のことを好きでいてくれたのだ。

丹羽さんの『許されない恋』の相手は自分だったのだ。

そう考えるのは自惚《うぬぼ》れではないだろう？　でなければあんなに『許されない恋』に反対していた人が、男を抱くなんて許されないことに戸惑わないわけがない、俺を抱くはずがない。

この恋を許してやるなんて言うはずがない。

丹羽さんも俺を好きで、そのことで悩んでいた時に俺が先に告白したから、こうして躊《ちゅう》躇《ちょ》なく触れてくれるのだ。

丹羽さんは、俺を求めて抱いてくれているのだ。

そう思うと、身体だけでなく心まで快感に満ちてゆく。

「好き…です」

だから、我慢していたこのセリフを口にしてもいいのだ。

「丹羽さん…が…、好き」

ほら、『止めろ』とも『黙れ』とも言われない。身体中に口付けられるだけだ。

「あ…、や…」

溺れる。

比喩ではなく、本当に水に溺れるように、彼の与えてくれる感覚に溺れてゆく。

手足がツり、呼吸が出来ない。

もがいて、彼に縋《すが》り付いても、どんどん深みに落ちてゆく。

「丹羽さ…」

いや、違う。

「…ん……」

酔ってるのかも。

苦しいことも、追い詰められることも、溺れることにも酔っている。

「あ…、もう…」

酒の酔いだけでなく、快楽にも酔ってゆく。

ああ、その方が正しい。

心地よい快楽。

本当の酒の酔いもあって、全身の力が抜けてしまう。

だが、蕩《とろ》けるような感覚だけを受け取っていられたのはここまでだった。

「あ…」

手が腰に添えられ、仰向けだった身体が俯《うつぶ》せに返される。

「丹羽さん?」

尻の間に、指が滑り込む。

「ひ…っ」

そして指はそのまま中に差し込まれた。

「待って…!」

彼がしようとしていることがわかって、一瞬にして酔いが覚めた。

「それは…」

腰を抱えられ、指に中を掻き回される。

彼を好きにはなったけれど、こうなることまでは想像していなかった。

抱かれることは受け入れたけれど、彼自身を受け入れることまでは考えていなかった。

「いや…っ！」

身を捩《よじ》って腕から逃れようとしたが、逃れることができない。

「俺を、好きなんだろう？」

低く問いかける声が、耳に届いた。

「俺を愛してるんだろう？」

だったら受け入れろというような言葉が。

彼が俺を求めている。

それなら、この恐怖も呑《の》み込むべきだ。

「じっとしてろ」

命じられて、俺は唇を噛《か》み締めると、目の前のシーツを握り締めた。

「い…っ！」

彼の硬いモノが穴に当たる。

『俺』という皮を被せるかのように、襞を広げ、皮膚を引っ張り、彼のモノを包ませようとする。

「痛い…」

無理だ。

絶対に無理だ。

チキッと、皮膚が切れる感覚がある。

切れた場所が擦られて、疝痛《せんつう》が走る。

それでも彼は動きを止めず、俺の中を目指した。

「い…っ、あ…っ」

唇を噛んでいたはずなのに、痛みを訴える声が止まらない。

泣きたいわけではないのに、生理的に涙が流れる。

「丹羽…」

「全部呑み込め」

「さ…ん…」

「俺を愛してるんだろう?」

痛い。

「俺に愛されたいんだろう?」

さっきまで快感を伝えていた神経が、痛みだけを全身に配ってゆく。

「答えろ」

「…はい」

苦しかったけれど、何とかそう答えると、彼は俺を背中から抱き締めた。

ああ、この抱擁が愛情だ。

「お前は孕《はら》まないから、中で出していいな?」

酷く現実的で、どこか突き放したようなその問いに答えることはできなかった。

肯定したかったわけではない。否定したわけでもない。ただ彼が前のめりに倒れてきたことで、痛みが更に酷くなり、悲鳴を上げるのを堪《こら》えるのに必死だったからだ。

「…な…」

声を上げないために、息を殺した。

呼吸が少なくなり、酸欠で頭がクラクラした。

「ひな…」

同じ気持ちで睦み合ってる。ならば被害者のような声は上げたくない。

だから、俺は返事の後、一言も喋らなかった。

痛みと酸欠と酔いで意識を無くすまで、俺は一声も上げなかった…。

本当に、ずっと丹羽さんが好きだった。

その一言で片付けてしまえば単純な出来事のように聞こえるが、実際恋を自覚するまでも、してからも、辛い日々が続いた。

この気持ちが恋だとわかるまで、どうして俺はこんなに自己顕示欲が強いのだろうと反省していた。

自分の先輩が他の者を可愛《かわい》がる度にイラつくなんて、了見の狭い男だ、と。

恋愛だとわかってからは、この気持ちを知られたら、丹羽さんがどう反応するのかが怖かった。

何げなく近づく彼に、体温が上がる。

手が触れると胸が高鳴る。

彼が飲みに行って女と遊んだと嘯《うそぶ》く度、それが本当なのかジョークなのかを真剣に悩んだ。丹羽さんが同性愛者ではないとわかっていたのに、他の男と親しくしているのを見ても、胸がチリチリと痛んだ。

けれど、この気持ちが叶う日が来るとは思っていなかったので、そうして悩んだり、焦れたり、嫉妬したりする自分が嫌だった。

彼の側にいるためには、いい後輩でいなければ。

笑いかけて、名前を呼んでもらうためには、この気持ちを隠しておかなければ。

ずっと、ずっとそうやって抑え込んでいたから、ちょっと酒を飲んだだけで、鬱積していた気持ちを吐露してしまったのだろう。

でも、そのお陰で丹羽さんと結ばれることができた。

この恋愛を、続けることを本人に許されたのだ。

全身の、特に腰の辺りの痛みに目を覚ましてしまった時、俺は幸福だった。

ああ、もう我慢しなくていいんだ。

隣で寝息を立てている人に、好きだと言ってもいいんだ。

そう思うだけで、涙が出るほど幸せだった。

どれだけ辛い思いをしても、最後にこの幸福が手に入るのならば、そんなものどうでもいいことだ。

昨夜の痛みさえも、彼が自分に付けた徴《しるし》のように思えた。

「…丹羽さん…」

カーテンごしに差し込む光は、まだぼんやりとブルーグレイを帯び、朝が明けきっていないことを教える。

時間を確かめようと手首の時計を見たが、光量が足りなくてわからなかった。

今日は休みだし、もう少し寝ていられるのだが、喉が渇いた。ベッドを抜け出して、水を一杯だけ飲んでこようか?

「痛…っ」

ちょっと身体を動かしただけで腰に走る激痛に声が上がる。

今の声で、丹羽さんを起こしてしまっただろうか？　視線を彼に戻すと、目を閉じたまま彼は俺の身体を抱き寄せた。

思ったより長くてびっしりとした睫《まつげ》毛がすぐそばに見える。

そんなことが嬉しい。

喉の渇きは我慢して、彼が起きるまでもう少しこのまま一緒に眠ろう。そう思った時だった。

「…雛乃《ひなの》」

渇いた唇が、音を作る。

切ない懇願するような声を。

「…行くな」

そしてまた静かに閉じる。

「……丹羽さん？」

彼はまだ、眠っていた。

意識はなかった。

だが腕は俺の首を捕らえたまま、更に強く抱き寄せた。

『俺を』ではない。

彼が抱き寄せたのは『雛乃』だ。

全身に、冷水を浴びせられた気分だった。

耳の奥がキーンと鳴って、嫌な汗が全身からどっと噴き出た。

上手くいき過ぎた恋の、真実の姿を見せつけられた思いだった。

さっきまでぼんやりと幸福に揺蕩《たゆた》っていた意識がはっきりと覚醒する。これがどういうことなのかを考える。

考えたくなくても、考えなくてはならない。

『雛乃』とは誰なのか?

切ない声で名を呼ぶ相手。

『行くな』と眠りの中で、抱き寄せる相手。

今まで一度も聞いたことのない名前。

いや…。

俺は聞いた。昨夜、彼が俺を求めていた最後に『ひな』と呟《つぶや》いたのを。俺は口を開かなかった、声も発しなかった。その中で、確かに聞いた。

心臓が鷲掴《わしづか》みにされたように苦しい。

これ以上考えるのが怖い。

だが、自分の意思に反して、頭はフル回転で答えを出そうとしていた。

忘れたくない昨夜の、忘れられない一言一言が頭の中を駆け巡る。

許されない恋に身を焼くタイプだと言った。

（それを俺は自分との『許されない同性愛』だと思った。）

自分を愛しているのかと問われ、愛されたいのだろうと言われた。

（それを俺は自分と彼との問題だと思った。）

お前は孕まないから中で出していいなと呟いた。

（それを俺は欲望のままに愛していいかという言葉に勝手に置き換えた。）

抱き締めて、横に眠ってくれていることを幸福だと喜んだ。

（それを彼が夢の中ででも自分を抱き寄せてくれるのだと思って。）

だが違う。

全てが違う。

開いて、丹羽さんの寝顔を見つめたままの目から涙が溢れる。

彼が、身を焼く許されない恋の相手は『雛乃』だ。

愛したい、愛されたい相手も『雛乃』だ。中で放って孕ませてやりたいと思っているのも『雛乃』だ。…ああ、こうして思い返すと『孕む』という言葉は何と生々しく自分から遠いところにある言葉なのか。

今、彼が眠りの中で抱き寄せて離したくないと思っている相手も、『雛乃』なのだ。滑稽《こっけい》な…。

幸福と喜びの海に漂っていると思ったのに、それは小さな泡だった。今それが弾け、割れ、自分は悲しみの海に沈んでゆく。

昨夜の、全ての時間が自分のものではなかった。

あの行為の全てが、『雛乃』に向けてのものだった。

男を抱く準備もせずに挿入をしたのも、身代わりである証拠だ。孕む、という言葉からして『雛乃』は女性なのだろう。

見たことも、会ったこともない。彼がひた隠しに隠している女性。

どこの誰であるかもわからないその女性に、憎しみが湧く。

どうして、この人に愛されてやらないのか。何故この愛を『許して』やらないのか。こんなに素晴らしい人との恋を受け入れないのか。

俺などで憂さを晴らそうとするようなところへ追い詰めたのか。

不倫なのか、もしかしたら亡くなっているのか、事情はわからない。彼を問い詰めることもできない。

だが丹羽さんのベッドで、彼に抱かれた痛みを感じ、彼の腕の中で眠りながら、俺は自分の恋が終わったことを感じた。

彼は自分を愛してはいないのだと。

けれど、諦め切れなかった。

ずっと好きな人だったから。

愛することを許すと言われてしまったから。

たとえ心が他の人のものでも、彼から離れる気持ちになれなかったから。

「…丹羽さん…」

どんなに辛く、苦しく、悲しくても。

醜いほど、彼を愛していたから…。


丹羽さんが目を覚ますまで、俺は彼の腕の中で彼を見ていた。

涙の渇いた瞳で、息がかかるほど近くにある彼の寝顔を見つめていた。

規則正しかった寝息が、深いタメ息とともに乱れ、長い睫毛が震えるのを、まるで目に焼き付けるかのようにじっと。

呻《うめ》きながら丹羽さんが目を開け、俺の姿を見て、一番最初に見せた表情は困惑だったこと、胸に刻み付けた。

「…中根？　…ああ」

善人になりたいと、思っていた。

いい人になりたいと思っていた。

「…おはようございます」

彼に好かれるようによき後輩になりたかった。

彼に相応しい、綺麗な人間になりたかった。

だが今の自分は醜く汚い。

「昨夜のこと、覚えてますか？」

「…ああ」

「よかった。酔ってて覚えてないって言われるかと思って…」

恣意的に、幸福に見えるような笑みを作る浅ましい人間だ。

「酔ってはいたが…、覚えてる」

「丹羽さんに…、抱いてもらって幸せでした。丹羽さんも俺のことを好きでいてくれたなんて、考えもしなかったから」

でも涙ぐむのは芝居じゃない。

悲しくて、惨《みじ》めで、自然と零《こぼ》れてしまうのだ。

「中根」

「それであの…。濡れタオルを貸していただけますか？」

「濡れタオル？」

「汚れを…拭《ふ》きとりたくて…。でも自分では動けないから…」

「…汚れ」

ハッとしたように彼が布団を捲る。

この時まで、自分でも下半身に感じる乾いたカサカサとした感じは彼の放ったもののせいだと思っていた。

だが捲った布団の下から現れたのは赤黒くなった血の染みだった。

「……あ」

あの時感じた痛みの結果か。

「待ってろ」

彼はすぐにベッドを下りた。

その振動だけでもピリピリとした痛みを感じて、顔をしかめる。

「痛むのか？」

「…平気です。初めてだったから…、自分でもよくわからなくて」

「お前は…、他の男と寝たことはなかったのか？」

「…男の人を好きになったのは、丹羽さんが初めてでしたから」

「女とも?」

「女性とは一度。…ヘタでした?」

彼はそれには答えず「待ってろ」と繰り返して寝室を出て行った。

喜びなどカケラもない表情だった。ただ驚きだけしかない顔だった。

自分のしでかしたことを思い返して、きっと後悔しているだろう。何故俺『なんか』を抱いてしまったのか、と。

「…にしても本当に凄いな」

精液が混じって広がったであろう血痕は、まるで惨劇の後で、自分の心が引き裂かれて流した血のように見えた。

「中根」

丹羽さんが持ってきてくれたタオルは温かかった。

拭こうとするのを断って、受け取り、布団を被って自分で下肢を拭う。

「…すみません、ベッド汚してしまって」

「いや。痛むだろう、薬を塗るか? その前にシャワーでも…」

「いいえ、…歩けないので」

みっともなくて、恥ずかしいけれど、どんな問いにもちゃんと答えを渡す。俺がどんな状態なのか、彼に教えるために。

「ちょっと身体を捻《ひね》るだけでもまだ痛むので」

拭い終わって返したタオルの赤さが、彼を追い詰める。

それに更に追い打ちをかけるように、俺は微笑んだ。

「誰にも言いません。秘密でもいいんです。俺は…、丹羽さんがいてくれるだけで。あなたを好きでいることだけ許してくれれば」

「中根」

「男同士なんて、許されないことですもんね。でも昨夜、丹羽さんが『俺が許す』って言ってくれたから、俺は本当に幸せでした」

恋の終わりを知ってから彼が目覚めるまで、ずっと考えていた。

「これ、夢じゃないですよね?」

愛されてないことを知っている、と告白して彼と終わりにするか。

それでも捨てないでくれと懇願するか。

何も知らないふりをして、恋人になりすますか。

考えて、考えて、考えて、考えて出した答えがこれだった。

「俺は、丹羽さんを好きでいていいですか?」

押し付けがましく乗り込むことはできない。かといって別れることもできない。

彼が『許す』と言ったのだから、せめてこの恋心だけ許してもらおう。自分のことを愛してくれなくても、他の人を求めていても。そんなことは最初からわかっていたこと。

もともと報われる恋ではなかったのだ。

それが気持ちを告げて、知ってもらえただけでもよしとしなくては。この気持ちを知って尚、側に置いてもらうことで満足しよう。

「…だめでしょうか?」

丹羽さんは黙って俺を見つめていたが、ふいに覆いかぶさるように寝ている俺を包み込んだ。

「いくらでも好きでいろ。お前が俺を求める間、ずっと側にいていい」

悲しくも嬉しい、嬉しくも悲しい言葉。

涙が溢れるのはどちらの気持ちでだろう。

俺も好きだ、とは言ってくれない。

恋人だ、とも言ってくれない。

でもこの気持ちを認め、許してくれる。

「嬉しいです」

でも俺は、喜びだけを告げる。

秘めた気持ちを知っていると告げれば、きっと彼は嫌がる。隠しているのだもの、それ以上踏み込むなと逃げてしまうかもしれない。

だからこれでいい。

俺がただこの人を好きでいる。それを許されたことだけで。

「風呂まで運んでやる。その間に着替えを用意してやろう」

これが同情や、憐《あわ》れみや、贖罪《しょくざい》でも。彼が自分に優しくしてくれるのだもの、何の不足があるというのか。

「一人で起き…ツッ…」

「おとなしくしてろ」

軽々と俺を抱き上げる腕に身を任せながら、もう一度自分に言い聞かせた。

これで満足しよう、と。

これだけで…。


片想いをしている時、辛いと思っていた。

自分はこんなに丹羽さんのことが好きなのに、気づいてもらえなくて。他の人と自分を比べては、どっちがより彼の近くにいるかと悩んだりして。

でもそうじゃなかったんだ。

片想いは幸せだった。

『もしかしたら』という魔法を自分にかけることができたから。

答えが分からないからこそ、その答えを自分の好きなように想像できた。

もしかしたら、丹羽さんも自分のことを好きかもしれない。彼と恋人になれるかもしれない。自分の気持ちが単なる憧れに戻って、何事もなかったかのように仕事の先輩後輩として過ごせるようになるかもしれない。

それは自分が見る、自分に都合のいい夢。

片想いは、その夢を見ることを許された時間だった。

けれど突き付けられた現実は、夢を見ることを許さない。

丹羽さんが俺を見て微笑んでも、それが恋愛には繋《つな》がらないと知ってしまった。

今までだって、可能性は低かった。ゼロに近かった。でもゼロではなかった。なのに今はゼロだとわかっている。

彼の恋は別の人のところにあるのだ。

手が触れたり、肩を抱かれたり、二人きりになった時のドキドキした思いは、切なさに変わった。

何をしても、彼の中には別の人がいる。

我慢しても、満足しようとしても、それは俺の心の中に小さな、決して塞がることのない傷を残していた。

あの日、側にいていい、と言ってくれた丹羽さんは、まるで恋人『のように』俺を扱ってくれた。

もちろん、仕事の時は以前と同じだ。けれど、プライベートでは変化があった。

彼は、俺を部屋へ呼ぶようになった。

彼の部屋で過ごした時、俺の肩を抱き、温もりを確かめるようになった。

二人きりの部屋で、指先を絡ませ、身体を寄せ合い、唇を重ねることもあった。

好き、という言葉を俺が口にすることも許してくれた。

けれど彼はそれを聞く度、ただ笑うだけで『俺も』とは言ってくれなかった。

週末、持ち帰りの仕事を手伝うために向かった彼の部屋。

仕事が終わると、ビールを片手に並んで観るテレビ。

彼は俺の肩に手を回し、俺は彼に寄りかかる。

けれど視線は交わらない。

「そういえば、今更だが、俺なんかのどこがよかったんだ?」

恋愛を見ないフリしていれば幸せな時間。

恋愛を意識すると寂しい時間。

「…丹羽さんは忘れてると思いますけど、俺の営業の研修担当が、丹羽さんだったんです。

その時に酷い失敗をして…」

彼はただ隣にいる者を抱いているだけで、俺を抱いているのではない。欠けたものを埋めるのに、手近なもので済ませているだけだ。

真実に気づいていなければ、自分を慈しんで抱いてくれてると思えただろうが、彼が本当に抱き寄せたい人を知っているから、嬉しいはずの彼の体温がチクチクと肌を刺す。

「ああ、覚えてる。そんなに酷い失敗じゃないだろう」

「本当に覚えててくれたんですか？　だって、丹羽さんいっぱい新人の面倒見たんでしょう？　俺のことなんか…」

「覚えてるさ。新人なのに引き際を心得てる子だった。デキレースの仕事に引っかけられて半べそかいたろう。ああいう時、普通はグチグチと自分は悪くないと並べ立てるもんだ。クライアントの前では我慢しても、上司の俺には言い訳をする。マイナス点がつかないように。なのにお前は不満を呑み込んだ」

覚えていてくれた。

「本当に…、覚えててくれたんですね。あの時、すごく落ち込んで丹羽さんの言葉に励まされたんです。だからもう一度あなたの下に配属されて、すごく嬉しくて…」

「甘いものを、おごってやったな」

「…そうです。喫茶店のケーキでした」

ああ、どうして俺はこんなに強欲なんだろう。片想いだったら、このことだけでもきっと満足できたのに、傷ついた分欲張りになってる。もっと彼が欲しいと思ってしまう。覚えてくれていたことは嬉しいけれど、それ以上を与えて欲しいと。

自分が好きな人が自分を好きじゃないとわかっているのに側にいるのは辛い。優しくされるとすぐに勘違いしてしまいそうで悲しい。

でも彼が優しいのは俺を特別に想ってのことではないのだ。

なのに側にいたい。

せめぎ合う気持ちがキリキリと俺を締め上げる。

自分で選んだことなのに。

「今夜は泊まってくか?」

「いいんですか?」

「もう遅いしな。もうあんなに酷くしないから」

彼の『寝る』がそういう意味だとわかって顔が赤らむ。

「俺も男を抱くのは初めてだった。傷つけるつもりはなかったんだ」

わかっています。

あなたは女性を抱いているつもりだった。

だからいきなり入れたんだ。

「少し調べとく。上手くやる方法をな」

「はい」

丹羽さんの手が、肩から腰に移る。

テレビを観ていた顔がこちらを見る。

苦しいのに、嬉しい。

嬉しいのに苦しい。

「ずっと俺が好きだったのに、我慢してたのか」

「…え？」

「俺が女と結婚したら、どうしてたんだ？」

「どうって…。祝福したと思います」

「祝福？　惚れた相手が他人のものになるのに？」

真剣な眼差し。

…ああ、そうか。

「だって…、好きな人が幸せになるなら祝福しないと。俺がもし女でも、丹羽さんが俺を愛してくれるかどうかはわからないでしょう？　俺ではできなかったことを他の人がしてくれるんです。自分の力不足は嘆くけれど、それとこれとは別だから」

彼のこの問いは、自分のことを比較しているのだ。

俺に向けての質問じゃない。『俺は好きなヤツを他人に取られたら祝福なんかできないのに、お前はどうしてそんなことを言う』と訊いているのだ。

「好きな人が自分のものにならないからって、不幸を願うのはおかしいでしょう？　失恋して自分が不幸になるのと、好きな人が幸せになるのと、どっちを取るかって訊かれたら、絶対に後者です」

悲しいな。

彼の言葉の裏に隠されてるものがわかるって。

こんな質問ですら、彼は俺を見ていないと思い知らされる。

「お前は…、我慢強いんだな」

「そうでもありません。我慢ができないから丹羽さんを好きだって言っちゃったんですから」

「それはいい。言いたかったんだろ？　もっと言えよ」

自分は言えないから、せめてお前は言え、ということか。

「丹羽さんが好きです」

俺が言うと、彼は微笑んだ。

俺の言葉が嬉しくてじゃない。彼の代わりにその言葉を口にするからだ。

「あなたが好きと言えて、嬉しいです」

それならそれでいい。

たった今、自分の口で言ったではないか。自分が不幸になることより、自分の好きな人が幸せになる方がいい、と。

彼に好きな人の身代わりにされることも、彼自身の成し遂げられないことを代行させられることも、辛くはある。でもそれで少しでも丹羽さんが楽になるのなら、この辛さも我慢できる。

「俺は…、丹羽さんに触れてもらえると嬉しいです」

あなたが好きな人に触れられないのなら、代わりに俺に触れてください。

「ずっとあなたが好きだったから」

あなたが好きな人に好きと言えないのなら、俺がいっぱいあなたに好きと言います。

抱き寄せられ、キスをされることは本当に嬉しいから。同時に感じる胸の痛みに耐えられる。

胸の痛みに…。

丹羽さんも、この胸の痛みを感じているのだろうか?

ソファに押し倒した俺を上から見つめる丹羽さんの瞳。

彼の目に映っているのは、俺ではない。この安堵《あんど》するような、慈しむような視線は、『雛乃』に向けられた視線だ。

彼は、この視線を彼女に向けたかったはずだ。でも近づくことさえしていない。だから俺もその存在を知らなかったのだから。

ならば彼は好きな人を見つめることも許していないのか？

自分の不幸ばかりを嘆いていたけれど、自分がこの状態を不幸だというのならば彼の恋は？　もっと辛く苦しいのではないのか？

だって、俺は気持ちは手に入らなくても、見ることはできる。

キスしてもらえる。

抱き締めてもらえる。

こうなる前も、彼の側で微笑みかけてもらっていた。

でもこの人は？

「俺…、丹羽さんにキスされると嬉しいです」

「何だ急に」

「嬉しいから嬉しいって言いたくなったんです。だから、キスしたくなったら俺にしてください」

キスしました？　『雛乃』と。

それを嬉しいと喜んでもらえました？

もしそうでないなら、俺が全部します。キスも、喜びの言葉を告げるのも、セックスも。

「他の誰とするんだよ」

丹羽さんがその人にしてあげたくてもしてあげられなかったことを。我慢して苦しんだ欲望を。俺にください。

「誰でも。えーと…、キャバクラの女の子とかにするなら、です」

俺はあなたの身体に腕を回します。

「前にアケミちゃんって娘《こ》からメール入ってたじゃないですか」

キスのために顔が近づいたら受け入れるために目を閉じます。

「ああ、あれは接待用の店だから、繋いでるだけだ。そういう関係じゃない」

ワイシャツのボタンを外されても、胸に触れても、拒んだりしません。

「でも俺は連れてってもらったことないですよ。そのアケミさんの店」

「あそこはな、お前にはまだ早いと思ってた。お触りＯＫの大人の店だから」

「俺だって大人です」

「童貞だと思ってたんだ。どっか一本気で真面目だから。男が好きだって聞いて、女に興味がないように見えてたのはそのせいで、男相手には経験があるのかと思って無茶した」

「丹羽さんだけです」

「今は知ってる」

俺は悲しいけれど、喜びももらっている。

だから、あなたに喜びがあげられなくても、楽にしてあげられるならそうしたい。

そうだ。

その『雛乃』より俺のことを好きになってもらえるよう努力しよう。

今一番じゃなくても、いつか一番好きになってもらえるように、頑張ればいいんだ。

まだ片想いなら、両想いになれるように頑張ればいいんだ。

「どうした？」

「何がです？」

「笑ってる」

「そうですか？　きっと、丹羽さんが俺の手の届くところにいるからですよ」

笑うのは、この辛い恋に希望が見えたからです。

「可愛いこと言うなよ。まだ挿入の仕方を覚えてないんだから」

「口でしましょうか？　やったことないけど、丹羽さんなら…」

「健気だが大胆な発言だな」

あなたが笑ってくれるなら何だってできる。

どんなに恥ずかしいことも、みっともないことも。

そうだ。

最初から大して変わってないんだ。

俺は丹羽さんが好きで、この人に振り向いて欲しいと思ってる。いつか好きになってもらいたいと願ってる。

むしろ、俺が彼を好きだと知ってもらっていて、こうして抱き合えるのなら、以前よりプラスなのかもしれない。

考え方を変えよう。

この歳なら、誰だって初恋なわけじゃない。前に好きだった人が心に残ってることなんて、よくあることだ。

『雛乃』より彼の側に行けるように、頑張るんだ。

「好き…です。丹羽さ…ぁ…」

触れてくる身体の下から囁く声に、彼が何も返してくれなくても。いつかは『俺もだ』と言ってくれる日が来ることを期待しよう。

今度は、都合のいい夢じゃなく。実現可能な未来として…。

好きになったのはゆっくりだったけれど、告白したのも、抱かれたのも、失恋したのも急転直下でめまぐるしかった俺の恋は、気持ちを切り替えてからまたゆっくりと穏やかなものに戻った。

元々、日々の生活は変化がなかったのだが、俺の心に平静が戻ったというべきか。

「中根。今日のオリエンの資料は届いてるか？」

会社でも、以前と同じように丹羽さんを見ることができる。

「はい。メールで。先ほど中身もチェックしました」

彼は俺を見て笑う。

当たり前の姿だ。

「もうチェックミスの失敗はしない、か？」

「…言わないでください」

「よし、出るぞ。宮川《みやがわ》、俺と中根はミキタニ飲料のオリエンテーリングだ。ボードに書いといてくれ」

「自分で書いてくださいよ」

「お前のが近いだろ」

俺との関係が続いても、俺と丹羽さんの関係を疑う者など一人もいなかった。

あの夜から彼の態度が変わらないのだから当然だろう。それを俺はギクシャクしなくてよかったと思ったものだが、今は少し違う。

秘めた恋を今まで誰にも気づかれずに隠し続けた人なのだ、俺との息抜きを隠すことぐらい当然なんだ。

丹羽さんは俺よりもずっと大人だから。

「中根、コンペの参加他社はわかってるか？」

会社を出て、時間を守るため、渋滞する車を避けて乗った電車。

「売広《うりこう》と、ＳＨエージェンシーは出てくるみたいです。黒報堂《こくほうどう》も」

出勤時間も通学時間も終わった車内は空席が目立った。

並んで座ると、丹羽さんは長い足を投げ出す。

「あそこは必ず顔出してくるからな。大手の強みで食い散らかしだ」

「担当が二軍だったら、うちが取りますよ。丹羽さんが出るんですから」

「言うな」

彼が、俺といて笑ってくれるなら、俺はいい。

「資料、タブレットに入れてんのか？　見せろ」

俺の持ってるタブレット端末を覗き込むために顔を近づけてきても、それはただ画面を見るためだけのことだとわかってる。期待しなければ、辛くないのだと、だんだんと覚えてきた。

あれから一カ月。

『雛乃』の影を感じたことはない。ということは、過去はどうあれ今一番彼の側にいる

のは自分なのだ。

「ドリンク系はもう手詰まり感があるな」

そのことに安堵しよう。

「クリエーター次第じゃないんですか?」

時間はたっぷりある。

「今回の売りは何だって?」

「資料では、フランスのメーカーとの提携だと謳《うた》ってます。味は今日のオリエンで試供品が出るかと」

「ラ・フランスのスカッシュだろ? 俺は梨ってのは一番ドリンクに向かないと思ってるんだがな」

「どうしてですか?」

「水っぽい」

「でも果物としては好きでしょう? 以前前川《まえかわ》さんの実家から送ってきたの、美味《おい》しそうに食べてたじゃないですか」

「生はいいんだ」

「俺はスイカもジュースには向かないと思いますよ」

「水っぽい果物はそれ自体がジュースみたいなもんだからな。ま、とはいえクライアントの前ではそれはナシだ」

「…かけてます？　それ」

「…違う。偶然だ」

親父ギャグに気づいてむすっとする顔も、資料に目を通して厳しい眼差しをする顔も、昔と同じぐらい好き。

いや、以前よりずっと好きだ。

過去にどんな恋をしても、彼がそれを『許されない恋』だったと思っているのなら、もう二度と『雛乃』に会うことはないだろう。

会わなければ、忘れてくれるかもしれない。その時に、自分が側にいるのだとわかってもらえたら、彼の気持ちを手に入れられるかもしれない。

最初の夜以来、彼が俺の中に挿入《い》れることはなかったが、何度かは寝ている。やり方は調べると言っていたけれど、きっとあの流血に恐れをなしたのだろう。俺もあの痛みは怖いので、自分から挿入《い》れてとは言えない。

でも、自分達は『そういう仲』なのだ。

「また近いうちに、丹羽さんの部屋に行ってもいいですか？」

「うん？　何か用か？」

「用って言うか…、前にバター入りのチキンカツ食べたいって言ってましたよね」

「ああ、ロシア料理の」

「作り方教えてもらったんで、作ってあげたいと思って」

出社前に吸ったのであろうタバコの匂いがわかるほど近くに身体を寄せてくる。

「誰に習ったんだ？」

「学生時代の友人にシェフの見習いがいるんです。一度自分でも作ってみましたから、上手くできると思いますよ。…多分」

「そいつは凄く興味があるが、今日の夜はダメだ」

「予定が？」

「ああ、お前も付いて来い。有川《ありかわ》製菓の園田《そのだ》が彼女にプロポーズできる店を探してるらしい。いいところがあると言ってあるんだ」

名前が出た人物の顔を思い浮かべる。

「園田さん、まだ結婚してなかったんですか？　もう四十でしょう？」

「だから慎重にプロポーズしたいんだろ。男二人じゃ気まずいが、三人なら仕事か友人ってことになる。予定、ないな？」

「丹羽さんに誘われて優先する予定はないですよ」

一瞬、彼は口元をピクッと震わせる。

でも俺は見ないフリをする。

「上司に従うのはサラリーマンの基本です。園田さんに恩を売れば次の仕事に優位ですもんね」

愛してるから優先させるのだけれど、それを押し付けると逃げられるのではと本心は隠しておく。

でも丹羽さんは優しくて酷い人だから、なかったことにしようとする俺の努力を無駄にするのだ。

「上司だからじゃないんだろ?」

好きだからと言え、と言ってるみたいなことを言う。

「…丹羽さんだからです」

嬉しいと言ってくれないのに、俺の返事に満足したような顔をする。

あの日から、ずっとこうだ。

彼は俺に『好き』と言ってはくれないのに、俺には『好きだ』という態度を見せろと要求する。まるで親の愛をねだる子供のように。愛されてるということで安心しようとするみたいに。

そして俺は、その要求に応えてしまう。頼れるカッコイイ先輩だと思っていた人が見せる子供っぽさに、また惚れなおしてしまう。

こんな姿、『雛乃』はきっと知らないだろう。

「ミキタニの後は有川製菓を狙ってるんですか?」

「秋の新商品がどうもテコ入れしてるみたいなんだよな。ＣＭの製作費が増えるかもしれない。それを今日、園田から聞き出す予定だ」

「秋ですか、まだ先ですね」

季節はようやく暑い日が増えたと思うぐらいだ。

「すぐさ。テレビスポットが入ると、クリエーターを選ばないとな」

「最近はウェブ広告が増えて、そっち専門の代理店も増えましたよね」

「代理店を通さず、ウェブデザイナーにクライアントが直接頼むのも多いな。不況で広告費を削るところも多いし、何とかしないと」

「頑張ります」

「中根は俺より根性がありそうだから、期待してるよ」

「そんなに根性ないですよ」

「謙遜するな」

愛情はなくても、好意はある。そんな手が俺の頭を撫でる。

「お前は頑張ってるよ」

一番欲しい言葉ではないけれど、『俺』に向けての言葉をくれる。

「チキンカツは週末にしよう。ついでに泊まりに来い。ビール買っとくから」

「はい」

だからこれでいい。

彼が喜んでくれれば、いつか自分が必要だと思ってくれれば、今はまだこれでいい。焦らなくても、時間が自分の味方をしてくれる。

この時はそう思っていた。

『雛乃』の正体を知らないままだったから…。


その日は、朝から曇っていた。

雨は降りそうで降らなくて、天気予報では何とか今日一日はもつだろうが、明日からは雨が続くだろうということだった。

けれどどうにも心配で、俺はカバンの中に折り畳みの傘を入れていた。以前駅の売店で買った安物だが、軽くて小さいので、重宝している。

タブレット端末を取り出す時にそれを見た丹羽さんは、心配症だなと笑った。

「重くて邪魔だろう」

「タブレットが濡れるのが嫌なんです。それに、軽いですよ」

「俺は濡れる方が楽だ」

「酷い降りになったらどうするんです？」

「その時はコンビニでビニール傘でも買うさ」

「丹羽さんって、家にビニール傘を溜《た》めるタイプでしょう」

「溜まったら会社に寄贈する」

「それ寄贈じゃなくて持ち込みって言うんじゃないですか？」

「だが使ってるやつはいるぞ」

「結果オーライですか」

「何だってそうさ。終わりよければすべてよし、だ」

今の仕事は、先日オリエンを受けたミキタニのコンペ向けのものだった。

朝一番に丹羽さんと待ち合わせて、直接クライアントの会社に顔を出し、雑談まじりの打ち合わせで広告意図をチェックしてから出社。

会社では朝の情報をメディアプランのチームに伝えて細かい打ち合わせ。

昼食は会社の近くのレストランで手短に済ませ、午後に再びクライアントの会社へ。

そして会社で話し合ったプランを再び打ち合わせ。

今やっとそれを終えて先方の会社を出てきたところだった。

「一旦帰社しますか？」

「そうだな…。その前にどっかで一服したいんだが」

「駅前にチェーンのカフェがありましたよ。あそこなら喫煙席があるはずです」

「じゃ、そこでコーヒーでも飲むか」

タバコを我慢していた丹羽さんは、目を輝かせた。

その姿が子供っぽくってつい微笑んでしまう。

辺りは暗くなっているというのに、漂う空気は蒸し蒸しとしてからだに纏《まと》わり付くのに、空はまだ雨を落とさなかった。

なので空調の効いたカフェの中に入ると、身体がほっとする感じだった。

「アイスコーヒーのＭ二つ」

ガラスのグラスが乗ったトレイを持って、店の奥の喫煙席に座ると、丹羽さんはコーヒーを飲むより先にタバコに火を点けた。

「灰皿、取ってきます」

「おう、悪いな」

灰皿を取って目の前に置いてやり、自分はコーヒーに手を伸ばす。

蒸していたのに、喉が渇いていたのだろう。冷たい苦味は心地よかった。

「今回の案、また直しが入りましたね」

俺は社名の入った大きな茶封筒を手に取った。中にはメディアプランのコンテが入っている。今日の午前中にプランナーが出したものだ。

「いい加減ＯＫ出してもらわないと、クリエーターがうるさいからな」

「いい案だったのに、どうしてダメだったんでしょう？」

「予算だよ。あれは当初予定より大分削られたって顔だ」

丹羽さんは少しイラついたように勢いよく煙を吐き出した。

「もしそうなら、どうするんです？」

「テレビスポットの方を幾つか削るしかないな。雑誌の種類を変えて、掲載費の安いところをピックアップする」

「新聞の方を削った方がよくないですか？　雑誌はユーザーを狙い撃ちできますけど、新聞は幅が広過ぎるから。削っても影響出ないと思いますよ？」

「今回は女性向けのドリンクってことになるからな。それは考えるか」

「あとは、タレントを使わないＣＭにするとか」

「イメージ戦略だから、それは無理だろう」

「じゃ、女性に人気の高い新人を使うとか？」

「うちに仕事が決まってればそれでもいいが、コンペを勝ち抜くには、インパクトが必要だろう。商品にインパクトがないんだから」

どうやら、丹羽さんはまだ梨のドリンクっていうところが引っ掛かってるみたいだった。

「今までにない味だから、インパクトはあると思いますよ？」

「試飲したろ？　甘ったるいばっかりだったじゃないか」

「俺は結構美味しいと思いましたけど…。丹羽さん、酒飲みの辛党だから」

子供っぽいな、と笑うと、彼はそれに気づいてムッとした。

「そうだよ、俺は甘いもんのよさはわからん」

「そんなに拗《す》ねなくても」

「俺が拗ねてるか？」

「少し」

「ナマイキ」

今度は意図して、煙を吹きかけてくる。

「丹羽さん」

俺と、丹羽さんは、いい関係を保っていた。

こうして軽口も叩けるし、仕事でも認めてもらっている。

プライベートでも、努力して料理を覚えた甲斐があって、彼の方から何か作りに来いと呼ばれるようになった。

今でも時々、もう彼が『雛乃』を忘れて、俺のことを好きになってくれているんじゃないかと思うくらいだ。

彼の部屋には俺の着替えがある。

俺の歯ブラシもある。

少しずつ、俺が彼のテリトリーに入っている実感を得ている。

「じゃあ、拗ねさせたお詫《わ》びに、今夜はカレーを作りに行きます」

「拗ねてないって言ってるだろ」

「じゃ、大人な人が他人にタバコの煙を吹き付ける理由を教えてください」

「可愛くねぇな」

でも、自信はない。

彼に嫌われたら終わりだ。名残惜しむような気持ちが、元々ないのだから。

「…何て顔してる」

軽口を叩き過ぎてしまうと、途端に怖くなってしまう。

「あ…、すみません」

「冗談に決まってるだろ。今夜、カレー作ってくれるんだろ？」

「はい。この間、エビのカレーが食べたいって言ってたので」

「シーフードは難しいだろ？　肉と違って煮込むと硬くなるから」

「料理の本、買ったんで大丈夫です」

「お前は、俺が食べたいって言ったものを作るんだな」

「…丹羽さんに喜んでもらいたいので」

「ふ…っ。努力と精進は、お前の美徳だな」

笑ってくれると、やっと安心できる。

「そう言っていただけると嬉しいです」

「じゃ、エビカレーに期待しよう。取り敢えず、社に戻って他の連中とこの件についてもう一度相談だ」

「はい」

タバコを吸い終え、コーヒーに申し訳程度に口をつけると、丹羽さんはトレイを持って立ち上がった。

「しょげると可愛いぞ」

俺の横を通る時に頭を軽く撫でてくれたのは、自分の、どの言葉に俺が反応したのかわかっているからだろう。

だめだな。あんまりビクビクしてると面倒だと思われてしまう。まだ加減がよくわからないけれど、もっと普通にしていないと。

「すみません、変な空気にしてしまって」

トレイを片付けて店を出ようとする彼に追いついて、謝罪する。

「気にするな。二度同じことをしなけりゃいい。俺は口が悪いから、気に障ることも言うだろう。だがもっとデンと構えてろ」

丹羽さんはいつものように笑った。

「はい」

「我慢強いのもいいが、少しは発散しないとな。今時は女の方がもっと厚かましいだろ。お前はどうも消極的だ」

「そんなことないです」

「それじゃ、さっきの意見は社に戻ったら自分で言えよ?」

「プランナーの人に、余計なことを言うなって言われませんか?」

「ちゃんとした考えだ。余計じゃないだろう」

夕暮れの雑踏。

普通の会社の退社時間よりは、カフェで過ごした分遅かったが、駅前なのでそれなりに人の姿は多かった。

「丹羽さん、前」

少し遅れて付いてゆく俺を振り向きながら話をするから、彼は前を見ておらず。そのせいで、正面から来たOL風の二人組みの女性の一人に肩がぶつかる。

「お、すまん」

慌てて前を向き、ぶつかった女性に謝った。

「いえ、こちらこそ…」

相手の女性も軽く会釈する。女性は、目鼻立ちのはっきりとした美人だった。誰もが振り向いてしまうような、特に目が印象的な。

「…あ」

その女性が、丹羽さんに目を向け小さな声を上げる。

嫌な予感がした。

彼女は、酷く驚いた表情を見せ、次に怒ったように形のいい唇を引き結んだ。

「捕まえたわ」

彼女が遠慮なく彼の腕をしっかと捕らえるから、その嫌な予感はより強くなる。

「バカ、よせ」

顔見知り？

「何がバカよ」

しかもかなり親しい。

「吉田《よしだ》、悪いけど先行ってて待ってて。私、少し遅れるから」

連れの女性は突然のことに驚いた様子で、彼女と丹羽さんを交互に見ている。

「いいけど…、その人は…？」

俺も抱いていた疑問を、連れの女性が尋ねる。

「うちの不良のバカ兄貴よ」

丹羽さんの腕にぶらさがるようにくっついていた彼女のその一言で、俺はほっと胸を撫でおろした。

何だそうか。

そういえば、はっきりとしたその顔立ちは、どことなく似ている。

「いい歳した男に不良言うな」

「良じゃないでしょ。家に連絡も入れないで」

「家を出た男が一々親に連絡なんか入れるか」

「入れるに決まってるでしょ。大学卒業したら、相談もなくさっさと家出して」

「家出じゃなくて独り立ちと言うんだ。それにオフクロ達にはちゃんと連絡先は教えてある」

丹羽さんに、こんな妹さんがいるとは知らなかった。家族の話なんて殆どしなかったから。

「丹羽さん、それじゃ私先に行ってみんなに言っておくわ」

「ごめんね、すぐ済むから」

そそくさとお友達がその場から去ると、妹さんは再び丹羽さんをキッと睨みつけた。

…いや、彼女も『丹羽さん』なのだが。

美人の睨みは迫力があるというのに、兄妹だからか、女性慣れしている彼だからなのか、丹羽さんは動じる様子もない。

「友達が待ってるんだろ、行けよ」

素っ気なく言う丹羽さんの扱いも、妹さんは長けてるようだ。

「ここで逃がしたら、また行方がわからなくなるでしょ」

「だから言ってるだろ、オフクロ達は知ってるって」

「私には教えてくれなかったじゃない。しかも母さん達に口止めまでして」

「なんでお前に教える必要があるんだよ」

「電話ぐらいしたいじゃないの」

「今更何話すんだよ。仕事が忙しいんだ、女の長話に付き合ってる暇はない」

「そういう問題じゃないでしょ。いいわ、とにかくどっか入りましょう」

彼女は丹羽さんの腕をグイグイ引っ張って歩きだそうとしたが、身体の大きな丹羽さんが動く訳がない。

でも何だか微笑ましい姿だな、と口元が緩んだその時だった。

「雛乃、いい加減にしろ」

……え?

「俺にも連れがいるんだぞ」

ひな…の？

「だって、連絡が取れない兄さんが悪いんじゃない。母さんから連絡行ったでしょ？　私が結婚するって」

俺はもう一度妹さんを見た。

すらりと伸びた手足、均整の連れた身体、気の強そうな彫りの深い顔立ち。真っ黒な髪は肩より長く、ふんわりとしたウェーブがかかっている。

着ている服はＯＬっぽいスーツだが、もっと派手な服を着ていれば、モデルだと言っても通用するだろう。

誰もが振り向くような美人だ。誰もが好きになりそうな美人だ。

…丹羽さんでさえも。

「連絡したの、二カ月も前よ？　もうすぐ結婚式なのよ？」

二カ月前…。

それはあの夜の頃だ。俺が彼に告白し、彼が俺を抱いたあの夜の。

「聞いてる」

「だったら…」

もし彼女が『雛乃』だったら。

彼の許されない恋の相手なら…。

「兄さんに式に出て欲しいのよ」

愛する女性が他の男と結婚すると知らされたのはショックだろう。

そうだ、彼は好きな人が結婚することは祝福できないというようなことを言っていたではないか。

「俺は仕事が忙しいんだ」

「何の仕事してるのよ」

「お前には関係ないだろ」

目眩《めまい》がする。

空気は肌にじっとりと纏わり付くのに、足元から冷たいものが上がってくる。

「父さん達とケンカでもしたの？　それなら私が間に入ってもいいのよ？」

「ケンカじゃない」

そうなのか？

彼女なのか？

「じゃ、なんで…？」

丹羽さんは何かを探すように辺りを見て、俺が立っていることに気づいた。今まで忘れていたけれど、ここにこいつがいたか、というように。

「恋人がいるからだ」

スーツの中、全身に鳥肌が立つ。

「恋人?」

丹羽さんは妹さんの手を強引に振りほどき、俺の手を取って引き寄せた。

「こいつだ」

「こいつ…って、男の人じゃない」

彼女の目が大きく見開き、怪訝《けげん》そうな表情を作る。

「だから家には戻れない。家族とも縁を切る」

「縁って…兄さん」

俺を恋人だと言ったのに、丹羽さんは俺の手をすぐに放した。

「とにかく、そういうことだから。お前ももう俺を探すな」

「兄さん!」

「中根、行くぞ」

痛いほどの彼女の視線。

俺はどういう顔をしていいかわからず、ここで『違う』とも『そうだ』とも言えず、ただ頭を下げた。

「あなた、今の本当なの?」

嫌悪感の漂う視線。

俺はこの視線に耐える義務がある。

恋人ではないけれど、彼女の受け入れられないもの、同性愛者ではあるのだから。そして彼女の兄を、そういう世界に引きずり込んだ張本人なのだから。

「…失礼します」

振り向くと、丹羽さんの背中は遠かった。

俺がついて来ているかどうかも確かめず、彼女から離れる方を選んだのだ。

「ちょっと待って！」

引き留めようとする彼女の腕をするりと躱《かわ》す。

丹羽さんが俺の名を呼んだから、彼女はそれを口にした。

「『中根』さん！」

大股で歩く丹羽さんに、走って追いつこうとするのに、人の流れのせいでその距離はなかなか縮まらなかった。

「すみません」

振り向いてください。

俺をダシにしておきながら置き去りですか？

さっきまで、俺のことを可愛いと言ってたじゃないですか。

やっと駅の改札まで来ると、彼は足を止めて振り向いた。

「中根、お前、その書類を社に持ち帰っとけ」

「丹羽さんは…?」

「ちょっとヤボ用を思い出した」

嘘つき。

「プランナーの人達に何て言えば…!」

「適当に言っとけ。具合が悪くなったとでも何とでも」

もたもたしている間に、彼の姿が帰宅のサラリーマン達の中に消えてゆく。

もう、足は止めなかった。振り向いてもくれなかった。

これが…、答えだ。

「…恋人って、言って欲しかったけど、あんな形でじゃないですよ…」

妹さんに追いつかれない様に、俺は泣き出したいのを我慢して改札の中に入った。

機械的に決められた動きをする人形のように、会社へ戻る電車に乗る。ホームにも、電車にも、もちろん丹羽さんの姿はなかった。

彼女が、『雛乃』なのだ。

彼女が、丹羽さんが愛する女性なのだ。

空っぽになった頭の中で、もう一度その事実を繰り返した。

二人の顔はよく似ていた。義理の兄妹ということはないだろう。たとえ片親だけだとしても、二人が血の繋がった兄と妹であることは明白だった。

なのに、彼は彼女が好きになったのだ。

手の届く美しい女性、けれど彼の恋人からは一番遠い女性を。

許されない恋。

確かに許されないだろう。

どんなに愛しくても、どんなに恋しくても、絶対に触れてはいけない相手だ。

『雛乃』さんは、少しも丹羽さんの気持ちに気づいていなかった。人前で平気で縋り付き、結婚式に出てくれと口にしていた。

丹羽さんは彼女を守るため、自分の気持ちを隠し続けてきたのだ。微塵《みじん》もそんな疑いを抱かせないほどずっと。

大学を出てすぐに家を出たと言っていたから、きっとそれより前から好きだったのだろうに。

いや、隠し続けられなくなったから、家を出たのか。

電車の窓の外、街が暗くなってゆく。

外が暗くなると、窓は鏡のように車内を映し出す。

吊《つ》り革につかまって、電車の揺れに任せてふらふらとしている俺の姿も。

全然違う。

雛乃さんとは、全然違う。

そのことが、また胸を締め付けるが、もう涙は流れてこようとはしなかった。

傷ついて、空っぽで。

泣く、ということすらできないほどに…。


会社に戻ると、俺は自分でも驚くほどいつもと変わらぬ顔ができた。

「丹羽さん、途中で具合が悪くなっちゃって、直接自宅に戻られました」

平気でつく嘘。

「珍しいな、鬼のカクランか?」

あまつさえ、微笑むことすらできた。

「ですよね。酷くならなきゃいいですけど。あ、クライアントとの打ち合わせですけど、どうやら経費が削られるんじゃないかって言ってましたよ。メディア媒体を削った方がいいかもって」

「マジか?」

「はい。で、新聞を削って、雑誌に特化したらどうでしょう?」

「丹羽さんは？」

「テレビスポットを削れと」

「うーん…。じゃ、もう一度練ってみるわ」

「お願いします」

人間、空っぽになり過ぎると、『いつもと同じ』ことが自然とできるようになるものなのかも知れない。身体に染み付いた習慣のように。

戻ってこなかった丹羽さんの分の仕事を片付け、時間まで働いて会社を出るまで、俺は何も考えず、ただやるべきことをやり続けた。

だが、今日のノルマが終わり、会社を出ると、自分が何をすればいいのかわからなくて、忘れようとしていたことが、また頭の中に戻ってきてしまう。

ずっと、彼の側にいるのは自分だと思っていた。

『雛乃』という女性が過去に存在していたとしても、今はその気配すら感じられなかったから、全て終わったことなのだと思っていた。

丹羽さんが相手の女性を追うことをしなかったのは、恋を終わらせたからで、時間をかければちゃんと忘れて自分のことを振り向いてくれるだろうと。

だが違うのだ。

家族というものは、妹という存在は、たとえどんなに遠く離れても縁が切れるものではない。

丹羽さんは恋を終わらせたから相手から離れたのではない。離れなければ行動してしまいそうだったから、自らを律して距離を置いたのだ。

未だに連絡すらしていないということは、今もまだ、会えば自分が何をするかわからないほど彼女を愛しているという証拠だ。

俺が全てを捧げても、心も身体も差し出しても、彼女が出現するだけで全て忘れられてしまった。

俺という存在を『恋人だ』と、彼女を遠ざける理由に使った。俺が彼を好きだとわかってるはずなのに、その言葉が俺にどう響くかもきっと考えていなかっただろう。

いや、俺が彼を好きだから、そう言って使ってもいいと思ったのかも…。

丹羽さんは…、俺のことを覚えてくれているだろうか？

こうして傷付いてるとわかってくれてるだろうか？

…いや、知る筈《はず》もない。

俺が、彼の好きな人が『雛乃』だと気づいているとは知らないのだから。彼の心に自分以外の人間が住んでいるとわかって付き合っているなんて、考えもしないだろう。

だとしたら、あの『恋人』発言は、俺に乗り換えてくれるつもりの言葉だったのかもしれない。

希望は薄いけれど、どんなに可能性が少なくても、人はいい夢を見たがるもの。俺も、そうだった。

「エビ…、買って行こう」

自分のアパートに戻るつもりで乗った電車を途中で降り、彼のマンションへ向かう路線に乗り換える。

今日はカレーを作りに行くと約束していた。

彼はそれを思い出して、待ってくれているかもしれない。

会えば、彼の口から妹さんのことや、あの『恋人』発言の理由を説明してくれるかもしれない。

期待、というより希望、願望だった。かもしれない、というより、そうあって欲しいという。

彼の住む街の駅前のスーパーでカレーの材料を買って、マンションへ向かう。

もう何度も通った道が、遠く感じる。

ドアの前に立ち、一度深呼吸してからインターフォンのボタンを押す。

応答はなかった。

もう一度押す。

暫《しばら》く間があってから、今度はやっと丹羽さんの声が聞こえた。

『…誰だ？』

「中根です。約束してたので来ました」

わざわざ『約束』と付けたのは、追い返させないための布石だ。あなたは来ていいと言ったでしょう？　という。

それが伝わったのか、また間があってから扉は開き、少し酒の匂いをさせた丹羽さんが姿を現わす。

「…お前か」

その一言に、胸が痛む。

『お前か』と残念そうに言うあなたは、誰が来るのを待っていたんです？　彼女はあなたがどこに住んでいるのかも知らないのに。

「約束通り、カレー作りに来ましたよ」

でも俺は何も知らないはずだから、微笑《わら》って見せる。

「でも体調が悪いみたいでしたから、一応他の料理も作れるように色々買ってきたんですけどね」

頬《ほお》の筋肉が強ばるけど、うまく笑えているだろうか？

「お酒飲めるんなら、サボリだったんですね」

口を開こうとしない彼に代わって、喋るのは俺ばかり。

「プランナーの人に、変更伝えておきました。予算削られるだろうから、コンペのプランはテレビスポットを減らせって。それと、言われた通り自分の口で新聞広告のことも言いました」

招かれないまま部屋の奥に戻る彼に付いて中に入る。

買ってきた食材を手にキッチンへ。

「メールチェックしたら、飯島《いいじま》さんから締め切りの問い合わせが来ていたので、返信しておきました。他には急ぎのメールはなかったです」

ナマ物は一旦冷蔵庫へ。

野菜は出したままにして、シンクで手早く洗う。

「すぐ作りますね。お腹減ってるでしょう?」

包丁がいつものところにないので、辺りを見回していると、ビールの缶を片手に戻ってきた丹羽さんが俺の背後に立った。

「メシはいい」

腕が、後ろから俺を抱き寄せる。

酒の匂いが強くなる。

戻ってから、ずっと飲んでいたのか?

ただ顔を見ただけで、彼女はこんなにも丹羽さんを打ちのめすことができるのか。

「中根」

ビールの缶がシンクに置かれ、手は俺を捕らえた。

慰めてあげたい。

傷ついたこの人に優しくしてあげたい。

そう思っていた俺の心を、彼の一言が打ち砕いた。

「…誰でもいいんだ」

誰でも…、いい？

『俺』ではなくてもいいというのか？

では今まで自分を抱いていたのも、俺だからではなく、誰でもいいから手が届く人間を選んだというのか？

少しずつ近づいていると思っていた。彼の中に自分の居場所を作っているのだと思っていた。だから未来があるだろう、いつか振り向いてもらえる日が来るだろうと信じていたのに、その全てを否定された。

「綺麗な…、妹さんでしたね」

一度粉々に砕けた心を、何とか繕《つくろ》ってここまできた。

けれど再び砕けた今、自分の中の汚い部分が一気に溢れ出す。

「そうでもない」

不快そうな彼の声。

それは自分の傷がえぐられるから？　それとも、彼女のことを他の男が口にするのが許せなくて？

「美人でしたよ。結婚する相手の男性は、きっと幸せでしょうね」

諦めてくれていたら、まだ引き返せた。

終わったことにしてくれていたら、もう口にしないつもりだった。妹の結婚として祝福を口にしたら。

「大した男じゃないだろ。そんな話はいい。それより、寝室へ来い」

でも彼はその話題を避けた。まだ彼女に心を残していた。

そしてそれをごまかすために、俺をまた利用した。

「…もう、嫌です」

だから、言ってしまった。

「中根？」

「もう、身代わりはできません」

「身代わり…？」

「ずっと、お好きだったんでしょう？　妹さんを女性として愛してるんでしょう？　俺はその身代わりなんでしょう？」

「お前…」

　俺に触れていた手が離れる。

「妹さんの穴を埋めるのは誰でもいいんでしょう?」

「今のは言葉のアヤだろう」

「最初からわかってました。それでもよかった」

「中根」

「それでも、あなたがいつか俺のことを好きになってくれるんじゃないかと期待してたから。でも今わかりました。あなたは俺のことなんか見てなかった。丹羽さんは、ただ彼女の穴を埋めてくれる人間なら誰でもよかったんだ。ただ俺が自分と同じ許されない恋をしてると知ったから憐れんだだけ。あなたを好きと言ったから、何をしても許されると思っただけなんだ」

「いい加減にしろ、怒るぞ。くだらない妄想でおかしなことを言うんじゃない!」

「妄想じゃないんですよ、丹羽さん」

　振り向いて、正面から彼の目を見る。

　怒りを含んだその目には、当然ながら愛情などなく、言い訳をしなくてはという焦りも見られなかった。あるのはただ、自分の大切な部分に踏み込んで来るなと言う拒絶に似た怒りだけだ。

滑稽だ。

彼にとって、今、自分は敵対者なのだ。

彼が守って来たものを壊そうとしてる破壊者なのだ。俺が彼を好きだという事実など、もう頭にもないのかも。

「初めてあなたが俺を抱いた夜、あなたは『ひな』と言ったんです」

一瞬にして、彼の顔が蒼白になる。

「翌朝、寝言で『雛乃』とはっきり言って、俺を抱き寄せたんです」

もう『くだらないことを』とも言わなかった。

記憶はなくても、自覚はあるからだ。

その態度がまた俺を苦しめる。やっぱり、全て俺の想像通りだったのか、と。

「俺はずっと、それが昔付き合っていた女性だと思ってました。終わった恋だと。だから我慢できた。あなたが俺に手を伸ばすのは、傷ついた心を癒すためなんだと思ってました。だからあなたが一度も俺を『好きだ』と言ってくれなくても、俺のことを憎からずは思ってくれていると信じてた。でもそうじゃない」

俺は…、醜い人間だ。

「俺のことを好きでもないのに、妹さんの前で恋人と言ったのは何故です？　そう言えば彼女の前から逃げることができるからでしょう？　利用された時の俺の気持ちなんて考えてもいなかった。だから置いて行くことができた」

尽《つ》くしたことを訴え、愛されたいと渇望し、それが叶わないことで彼を責めている。

「そして今また、自分をごまかすために俺を抱こうとしてる。誰でもいいから、彼女を忘れる道具になってくれと言わんばかりに」

身勝手で、欲の深い人間だ。

自分が傷ついた分、彼も傷つけたいと願うような。

「それならいっそ彼女に伝えたらどうです？　妹だと思えなかった、女性として愛してた、お前を抱きたかったって」

「中根！」

パンッ、と俺の頬が鳴った。

叩かれた。けれど不思議と痛みはなかった。

「図星をさされて怒ったんですか？　それなら俺に言ってくださいよ。はっきりと、お前は身代わりだったって、もう用はないって」

納得していた。

覚悟していた。

それでも、どこかで期待していた。

「そうだ」

彼が、そんなことはない、お前は別だと言ってくれることを。

「お前を可愛い後輩と思っても、愛したことなどない、俺が愛してるのはあいつだけだ」

でもそんなのは、夢物語だ。

「身代わりですらない。忘れるために利用した。俺を好きだというお前が憐れだったから、優しくしてやっただけだ。男だから、あいつを思い出さずに済むから抱いてただけだ」

彼の言葉が刃となって全身を切りつける。これが現実だ。

「他人の秘密を暴いて、面白いか？　それで満足したのか？」

蔑《さげす》む視線。

「帰れ」

冷たい声。

「もう二度とここへ来るな」

終わりを告げる言葉。

捨てないで、と取り縋ることもできない。彼が自分の心を引き裂いたように、自分もまた彼の心を踏み躙《にじ》った自覚があるから。

最初からわかっていて側にいたのだから、酷い人だと罵《ののし》ることもできない。

「…帰ります。俺は丹羽さんにとって必要のない人間ですから」

彼に食べてもらおうと思って買ってきた食材の袋を手に、俺は部屋を出た。

引き留める声も気配もない。見送りもない。

胸に広がるのは後悔ばかりだ。

あの時、好きだと言わなければよかった。応えてもらった時に、まだそういうつもりではないと拒めばよかった。

彼に好きな人がいるとわかったら、こんなに深く愛する前に、離れればよかった。

『雛乃』の正体を知ったことを、彼が妹を愛したことを、暴かなければよかった。

そうすれば、こんなに悲しみを味わわなくて済んだのに。

けれど…、我慢ができなかったのだ。

彼が、自分を見ていなかったことが。

一番じゃなくてもよかった。愛されてなくてもよかった。例え身代わりでも、丹羽さんが自分を必要としてくれていたなら、我慢した。

でも誰でもいいというあの一言が、俺などどうでもいい存在だと知らしめたから…。

俺はここにいる。こんなにもあなたを愛し、愛しているから傷ついていると言ってしまいたくなったのだ。

丹羽さんの言う通りだ。

自分が報われないから他人を傷つけた。

こんな最低の人間が愛されるわけがない。

何も言わず彼のマンションを出た後、俺は駅には向かわず、近くでタクシーに飛び乗った。

誰にも会いたくなくて。

早く一人になりたくて。


壊れかけていたものが修復不可能だとわかって、自らの手で粉々にした。

自分のアパートに戻ると、己の愚《おろ》かさに押し潰《つぶ》されそうだった。

もっと他に方法があったのではないか。もっと違う言い方があったのではないか。失いたくないものをどうして手放したのか。

辛かった。

苦しかった。

悲しかった。

でもだからと言って、彼の長年の忍耐を暴いて怒らせる必要が本当にあったのか？

いや、ああでもしなければ諦めることなどできなかったのだから仕方がない。

可能性などこれっぽっちもないのだと理解しなければ、惨めったらしく彼にしがみついてしまっただろう。

そして結局、同じ苦しみを味わうだけだ。

優しい気持ちでいたかった。

楽しい恋をしたかった。

夢を見ているだけでもよかった。

自分の行動の全てを後悔してしまう。

なのに、丹羽さんを好きになったことだけは後悔できなかった。

悪いのは自分だとわかっていたから。

自分が何もしなければ、丹羽さんは時間と共に妹への気持ちを消していっただろうし、
それを他人に知られたと怒ることも苦しむこともなかっただろう。

全部、自分が悪い。

彼を恨《うら》めば、少しは楽になれるのかもしれない。恨む気持ちが少しもないとも言わない。

けれど、やはり心が求めるのはたった一つのことだった。

丹羽さんに愛して欲しかった。

彼に必要とされたかった。

だがそのたった一つの望みを自分が壊した。

その愚かさこそを、呪《のろ》わずにはいられなかった…。

翌日、会社に行くのも気が重かった。

俺は丹羽さんのアシストについている。デスクも隣。

どんな感情があろうとも、仕事は仕事。

彼とどんな顔をして、どんな会話をしたらいいのかわからない。

それでも休んで他の人に迷惑をかけるわけにはいかないから、重たい身体を引きずって出社する。

未練がましい俺は、まだここでも夢を見ていた。

もしかしたら、彼が『昨夜はすまなかった』と言ってくれるのではないかと。

もちろん、そんなことがあるわけはない。

それどころか出社した彼は、俺の姿を見ると、ふいっと顔を背けた。

痛い。

肋骨が軋《きし》むほど、胸に痛みを感じる。

しかも、かけてくれる言葉もなく席を離れた彼は、そのまま課長のところへ行き、二人で部屋を出て行った。

仕事はしなくては。

どんなに辛くても。今はもう彼の側にいる理由はそれだけしかないのだから。

けれど、その僅《わず》かな時間さえ、彼は俺から取り上げた。

「中根、ちょっと来なさい」

一人で戻ってきた課長が俺を呼ぶ。

「何でしょうか？」

課長は、目の前に立った俺に、ファイルを渡した。

「お前、暫くトヨシマ自動車のプロジェクトに行ってくれ」

「…え？　でも、今俺はミキタニ飲料の…」

「それは小出《こいで》にやってもらう」

「どうしてです？　俺何か失敗でも…」

言いかけて、理解した。

ああ、そうか…。

「いや、そうじゃない。お前も一人で仕事ができるようになったし、一旦丹羽から離れて別のチームに入ってみてもいいだろうということになったんだ」

丹羽さんが、俺を突き放したのだ。

「小出はまだ新人だし、前から丹羽に面倒見てもらいたいと思っててな」

彼はもう、俺と仕事をするのも嫌なのだ。だから今、それを課長に上申したのだろう。

完全な拒絶。

でも俺にはそれを拒む権利はない。

「何、今回だけだ。お前と丹羽のコンビは上手いことやってると思ってたんだ。小出がものを覚えたら、戻すかもしれないし」

いいえ、課長。きっとそれはないでしょう。

丹羽さんはこれで俺が上手くやったら、独り立ちという言葉を使って俺を他所へ出すでしょうし、もし失敗したらその責任を取らせて別の場所への異動すら口にするかもしれません。

もう、顔も見たくない。それが彼の答えなのだ。

「…わかりました。では今の資料をまとめて小出に引き継ぎます」

「ああ、そうしてくれ。トヨシマのプロジェクトでは芦田《あしだ》の下に入るように」

「はい」

仕事だから、仕方がない。こうなることだって普通にあり得る。丹羽さんの下に付けたことがラッキーだったのだ。

ただ彼がそれを上申したのだとわかっているだけに、辛かった。

「小出、ちょっと」

俺は自分のデスクに戻ると、今年入ったばかりの新人を呼んだ。

「はい、何ですか?」

学生臭さの残る、自分より背の高い小出に、自分が丹羽さんのために集めた資料のディスクを渡す。

「俺の仕事を引き継いでもらうから、こっちに来てくれ」

「はい」

丹羽さんなら、きっと上手くやるだろう。小出の面倒もちゃんと見て、仕事もきちんとこなすだろう。

「今、ミキタニ飲料のプレゼン中だから、その資料に全部目を通しておくように。クリエーターの選別なんかは、丹羽さんに聞いてくれ」

今の俺にできることは、小出が丹羽さんの足手まといにならないよう、しっかりとサポートすることだけだ。

丹羽さんの新しいパートナーを仕込んで、自分は自分で彼の名に恥じぬ仕事をする。きっと、これが彼のためにできる最後のことだろう。

「これがミキタニの過去のCMのデータ。こっちは今回の飲料の資料。プレゼンに参加する他社の情報も入ってる」

「はい」

そしてこれが、今の自分にできる、彼を傷つけたことに対するただ一つの贖《あがな》いだった。


その日の午前中いっぱい、俺は小出に仕事の引き継ぎをした。

午後になると、あとは現場で直接覚えろと言って丹羽さんが彼を連れて出て行ってしまった。

俺はトヨシマ自動車のプロジェクトに移り、芦田さんの下に付いた。

芦田さんは総括デスクみたいな役目の人で、実際現場に出るというより、現場の人間の意見を調整する役割の人だ。

年配で温厚で、いい人だった。

「丁度雑務をやってくれる人間が欲しかったんだが、中根に雑務じゃ役不足だな。ま、私の仕事を覚えに来たとでも思っておきなさい。丹羽のところに戻ったら役に立つだろう。あいつは時々暴走するから」

もうそんな時は来ないだろうけれど、俺は笑って頷いた。

「精進します」

芦田さんは、新入社員だった丹羽さんと組んだこともあって、その当時の話を聞かせてくれた。

「仕事のために頭は下げられるが、プライドの高い男だったな。駆け出しの頃は私に噛み付いて、頭が冷えると謝りに来たよ。子供みたいだった」

「それ、少しわかります」

彼のいないところでも、彼の話が聞けるのは嬉しかった。

自分には、このくらいの距離が丁度いいのかもしれない。

「早く結婚すりゃあいいのにな。モテないわけじゃないんだから」

「…今は仕事が一番みたいです」

「そんなこと言ってると一生独身だ。中根は？」

「俺は…、秘密ですけど、失恋したてなので暫くそういう話はいいです」

「そうか。そいつはすまないことを訊いたな」

「いえ。でも絶対秘密ですよ？」

「わかってる」

彼のことや恋の話が出ると、まだ傷付いた胸が痛む。

いつか、時が経てばこの痛みも薄れてゆくのかもしれないが、まだ当分は無理だろう。

丹羽さんは小出を連れて外へ出ることが多く、俺は内勤で芦田さんに付いていたから、あまり顔を合わせることはなかったが、声が聞こえるだけでも胃の辺りがきゅうっと締め付けられる。

隣の、空席のデスクを見るだけで泣きそうになる。

普段と変わらず仕事をし、笑っている姿に、自分の存在価値の無さに落ち込む。

彼が仕事のことで声をかけてくれるだけでも、まだ喜びを感じる自分が情けなくなる。

日々は、辛いものだった。

会社にいる間は仕事に没頭して気持ちをごまかすことができたけれど、アパートに戻って一人になると悲しみが一気にのしかかってきた。

過ぎた日々が頭の中に浮かんでは消える。

出会いの時、再会して彼の下につけた喜び。認められて嬉しくて、対等に口をきけるようになると楽しくて。

彼の手が触れるだけで高鳴った胸。

憧れから恋になり、彼の視線が自分に向けられることを願った日々。

彼に告白した夜。

抱かれた時の身体の痛み。

『雛乃』の名を聞いた時の胸の痛み。

壊れかけた関係を、細心の注意を払って大切に過ごした時間。

何度も本当に恋人になれたように錯覚し、彼の目が自分を通り越していることに気づいては傷つき、何とか『いつか』という遠い日を目指して努力を続けた。

そして思い出はいつも最後に『帰れ』と言われた時の冷たい、蔑むような彼の視線で終わる。

これから先はもうないのだ、『いつか』なんて日は、もう二度とやってこないのだという思いで。

実際、俺と丹羽さんの距離はどんどん開く一方だった。

「中根、お前のデスクを暫く小出に譲れ」

仕事が別になってから数日後に向けられた　彼からの冷たい言葉。

「…でも私物が」

「お前は芦田さんの隣にデスクを作れ。仕事だ」

向けられた眼差しの中に『お前の顔を見たくない』という色が見える。

仕事、と言われればそれを拒めないことも、わかっていて言っているのだろう。

「何時、ですか…?」

「今日中にやれ。触られたくない私物があるなら、持って行け」

それはまるでもう戻って来なくていいと言われているようだった。

「…はい」

でも俺はそれに従うしかない。

俺が全てを知ってしまったように、彼も全てを知っている。俺が彼の側にいたいことも、好きなことも。だから『好きだから側に置いて欲しいんです』なんていう言い訳は聞き届けられない。知っていてやってることなのだから。

言われた通り、すぐに芦田さんの隣の仮のデスクにパソコンだけ持って移り、遠く空っぽの席を眺める。

いっそ、事故にでもあって、今日までの日々を全て忘れられればいいのにと、荒唐無稽なことまで考えるようになった頃、一本の電話がまた俺を苦しみの中に追い込んだ。

「中根、外線三番に電話、鈴木《すずき》って女性」

水曜の午後、いつものように仮デスクでデータの打ち込みとチェックをしていると、そう呼ばれた。

「どこの方ですか?」

「社名は名乗らなかったな。プライベートじゃないのか?」

電話を回してくれた先輩がにやにやと笑う。

だがもちろん、俺には心当たりなどなかった。

「そんな人いませんよ」

と返して受話器を取る。

「はい、お電話替わりました。中根です」

受話器の向こうでは短い沈黙があった。

「もしもし？　中根ですが？」

『中根…さん？』

声は、聞き覚えのない若い女性のものだった。

「はい、そうですが…、失礼ながら、どちらの鈴木様でしょうか？」

答えの代わりにまた沈黙。

もしかして携帯電話からで、電波の状態が悪いのだろうか？

「もしもし、聞こえますか？　こちらにお声が届いていないのですが。一度切っておかけ直しいただけますか？」

そう言うと、相手はやっと声を発した。

『私、鈴木じゃありません』

少し怒っているようにも、戸惑っているようにも聞こえる声だ。そしてその声は、改めて名乗った。

『私…、丹羽雛乃と申します』

雛乃…。

『丹羽哲也の妹です。わかりますよね？』

問いかけるというより、断定的な言い方。

全身に冷水を浴びせられたように、身体が冷たくなり、思わず目が丹羽さんのデスクに向く。だがその席は既に空っぽだった。

「…はい」

『お会いしたいんです。お時間作っていただけますでしょうか？』

「私に…、ですか？」

『ええ。兄には内緒で』

「今は仕事中ですので」

『仕事が終わるまで待ちます。何時でもいいです』

会う、と言うまで引き下がらないという意思の見える強い声。

「かしこまりました。それでは午後七時頃になりますが、いかがでしょう？」

相手が誰であるか、周囲の人間に気づかれてはならない。俺が丹羽さんの妹と会う理由を尋ねられるわけにはいかない。だからこの電話が仕事の電話であるかのように、意識して儀礼的に応答した。

『わかりました。ではどこで？』

「どちらでも、私の方が伺わせていただきます」

『では、先日お会いした駅で。この間の会社の封筒を持って、駅前に立っていてください。お店の方は私が手配します。絶対にお一人でいらしてくださいね』

「かしこりました。それでは七時にそちらで」

『…では、失礼します』

電話が切れると、全身にどっと疲労感が訪れた。

どうして俺がここにいるのがわかったのだろう。丹羽さんの勤め先も知らないふうだったのに。

そうか。

この間の会社の封筒、と言っていたということは、大きく『フェザー・エージェンシー』と書かれた封筒の社名を見たのだ。ネットで検索すればすぐに会社のサイトを見つけることができる。同じ社名の会社があったとしても、あの時丹羽さんは俺の名前を呼んだ。だから片っ端から『中根さんいますか?』と訊けばいい。

鈴木、と偽名を名乗ったのは、丹羽さんも同じ会社に勤めていると知ったのか、俺がその名前では電話に出ないと思ったからか。

彼女は、自分に会って何を話そうというのだろう。

丹羽さんの連絡先を訊きたいのか?　それとも俺と丹羽さんの関係を問いただしたい

のか？

どちらにしても、あまりいい予感はない。

「中根。どうしたぼんやりして」

「あ、いえ何でもありません」

仕事に意識を戻しながら、俺はちらりと誰もいない丹羽さんのデスクを見た。

そこに答えはないのに。

彼がいても、相談することもできないのに…。


ミキタニ飲料の本社のある駅は、オフィス街に隣接しているせいで夜の七時でも人が多かった。

その殆どがサラリーマンかＯＬだ。

思えば、ここで、彼の心が自分に無いことを思い知ったのだ。

辛い思い出のある場所だった。

一応、今日丹羽さんがミキタニに足を運んでいないことは確認してきたが、スーツ姿の人の群れの中に彼を探してしまう。見つけたら見つけたで困るクセに。

約束の時間の五分前に駅に到着し、待っていると、彼女もまた時間より少し前に姿を現した。

この間はOLらしいスーツ姿だったのだが、今日はフェミニンなワンピースにロングベストを合わせている。

気の強そうなはっきりとした顔立ちはやはり美人で、丹羽さんに似ていた。

「中根さん、ですね?」

「はい」

背筋を伸ばした彼女は、真っすぐに俺に歩み寄ると正面から俺を見据えて訊いてきた。

「お時間いただいて申し訳ありません」

「いいえ、とんでもない」

「お店、近くなのでこちらへ」

駅へ向かう人の流れに逆らって、ミキタニ飲料のある方向とは違う方へ向かう。

並んでは歩けなかったので、俺は彼女の斜め後ろを黙って付いて行った。

この辺りに詳しいのか、足取りに迷いがない。この間はスーツだったし、この近くに勤めているのかも。

いや、勤めていた、なのか? 結婚が近いと言っていたし、今日はワンピース姿だから、結婚を控えて退社したといったところか。

「ここです」

大通りから二度折れた細い道は、小さなビルと駐車場が連なる暗い道だったが、そこに一軒だけ看板が出ていた。

店名を見るまでもなく、軒下に掲げられた赤、白、緑の旗はイタリア料理屋であることを教える。

彼女はそのままグリーンの木の扉を開くと、中に入っていった。

「予約していた丹羽です」

カウンターで名前を告げると、女性の店員が「どうぞ、こちらです」と奥の個室へ案内する。

「お食事、なさってきました?」

「いえ」

「お料理、こちらで頼んでよろしいですか?」

「お気遣いなく」

「急にお呼び立てしたんですもの、お腹が空いたままでは失礼でしょう。お酒はワインでいいですね?」

「いえ、アルコールは…」

「そうですか。では私だけ」

懇意の店なのか、彼女はテーブルに付くなり適当に料理を注文する。

俺は結婚前の彼女が変な誤解を受けないよう、わざと会社の封筒をテーブルの上に置き、何かの打ち合わせだという体で背筋を伸ばしたまま黙っていた。

「『フェザー・エージェンシー』って、広告代理店ですか？」

「はい」

「中根さん、お幾つなんです？」

「今年二十五になります」

「私と同じ歳ですね」

「そうなんですか？」

「兄から聞いてません？」

「…丹羽さんは家族のことをあまり話さないので」

「そんなに親密、というわけでもないんですね」

意図してか、無意識か、言葉に刺がある。家族のことも聞いてないなら大したことないのね、という。

「兄とはどちらで知り合ったんですか？」

料理が運ばれてくるまで、本題に入るつもりはないのだろう。

核心に触れる質問ではない。

「丹羽さんは…、会社の先輩です」

「え…？」

「やはりご存じなかったんですね。彼も、同じ会社に勤めてます」

「彼と呼ばないで」

ピリッとした空気が流れる。

「そう…。あの会社に…」

「大変優秀な方で、人望も厚く…」

「そんなことは言われなくてもわかってます。兄のことはあなたなんかよりずっと」

「すみません」

丹羽さんが愛情を感じたのだから、きっと仲のよい兄妹だったのだろう。彼女のそれは丹羽さんとは違うのだろうが、兄として尊敬と愛情を抱いていたはずだ。

その後は、料理が運ばれてくるまで、二人とも無言だった。

冷製のパスタと、生ハムののったサラダ、フリッターのような肉料理が一気に運び込まれ、彼女の前には白ワインが、俺の前には綺麗なグラスに入った水が置かれる。

「どうぞ。食べながら話をしましょう」

と言いながら、彼女は食事には手を伸ばさず、ワインで口を湿らせた。

礼儀としてフォークを取り食べ物を口へ運んだが、味は全くわからなかった。まるで紙を噛んでいるような感触しかしない。

「兄は…、あなたのことを恋人だなんて言ったけど嘘ですよね？」

彼女は声を荒らげないように懸命に自制していた。

グラスを持つ手の震えが、それを表わしている。

「だって、学生時代はちゃんと彼女もいたんですよ。とても美人で、魅力的な。とてもお似合いだったわ」

その時、既に彼はあなたのことが好きだったんだと思います。

あなたを忘れるために、彼は努力し、我慢を強いられていた。無防備なあなたに気づかれないよう、長く苦しんでいたんです。

「兄と同じ会社だっておっしゃってたから、上司の冗談に付き合わされて、あなたも迷惑だったでしょう？」

彼が好きなのはあなただ。

今も愛していて、心の全てを占めているのはあなただ。俺など、カケラも相手にされていない。

なのにあなたはそれに気づかず、他の男と結婚し、彼に自分の側にいろと言う。それが丹羽さんにとって苦しみでしかないとも知らず。

いっそ、言ってしまおうか？

彼女も、この恋の苦しみの一翼を担うべき人間だ。

「何とか言って！」

だがもう同じ失敗はしたくなかった。

「彼の…言ったことは半分は本当です」

「半分？」

丹羽さんの秘密を暴いて味わった後悔を、もう一度味わいたくない。

これから幸福な結婚をする彼女を悩ませたくはない。

「俺と、丹羽さんは恋人です」

「…嘘よ」

「ですが、それは俺が仕組んだことです」

泥を被るなら、自分だけでいい。

彼を、彼女を、傷つけることなく終わらせたい。

何があろうと、もう自分の状況はこれ以上悪くならないのだから。どんな責め苦があっても、同じことだ。

「仕組むって…、どういうこと？」

きっと俺はもうこの女性とは会うことはない。

それならばどう思われてもいい。

だが彼は、どんなに逃げていてもいつかは再び顔を合わせることもあるだろう。その時に、言い訳が立つようにしてあげたい。彼が恋を忘れた時に、また兄と妹として会えるようにしてあげたい。

「彼に酒を飲ませて、酔ったところで強引に関係に持ち込みました。彼は…記憶がなかったようですが、責任を感じて付き合ってくれることになりました」

あながち嘘ではないだろう。あの流血を見て、彼は俺を憐れんでくれたところもあるだろう。それを再認識するとまた胸が痛むが。

「そんな…、酷い…」

「自覚しています」

「じゃあ兄はあなたなんか愛してないのね？」

「…恐らく。それまでは、後輩として可愛がられているだけでした」

自分に、できることがあってよかった。

「あなたは兄の信頼を裏切ったんだわ」

「そうです。どんなことをしても、彼が欲しかったから」

「そんなのは愛じゃないわ」

「かもしれません。でも…、俺には彼が必要だった。もうあなたには返せない」

本当は別れてます。それどころか、俺達の間に愛などありませんでした。

「最低」

「はい」

その通りだ。俺は最低な人間だ。我欲が強くて、他人のことを考えなかった。

その報いは受けている。

「このことを全部兄に話してやる。そうしたらきっと兄さんだって目が覚めるに決まってるわ」

「けれどそういうことを妹のあなたに知られることを何より恐れるでしょうね。だからあの人はあなたから逃げてるんだ。言ったら、もう二度と姿を見せなくなるかも」

「…脅してるの？」

「そうじゃありません。ただそっとしておいて欲しいだけです。俺にだって…、わかってます。こんな関係が長くは続かないことは。いつかきっと、丹羽さんの方から終わりにして欲しいと言われることは。その時まで、待って欲しいだけです」

いつかは、彼もあなたへの想いを昇華させるだろう。

妹として会えるようになるだろう。

その時まで彼をそっとしておいて欲しいだけだ。

「お願いします」

俺はテーブルに額を擦り付けるように頭を下げた。

「そんなこと…、許せるわけがないでしょう。あなたは自分の勝手で兄の人生を歪《ゆが》めたんだわ。愛し合ってるならまだしも、罠にはめて、逃げられないようにして…！」

「重々承知しています。身勝手なことも、自分が悪いことも。でもどうしても、俺にはあの人が必要なんです」

「必要だろうが何だろうが、あなたみたいな人が兄さんの側にいるなんて許せない」

「今だけです。いつかきっとお返しします」

「それが許せないのよ。兄さんのことなんてこれっぽっちも考えてない。兄さんが好きでどうしようもないって言うなら、まだ聞く耳もあるわ。でもあなたのは違う。同性愛がどうのこうの言う前に、あなたは人として最低よ」

「恋愛は綺麗事ばかりじゃありません」

「あなたのは恋愛じゃなくて独占欲よ。子供と一緒だわ。欲しい物を手に入れたかっただけ。恋ならば、もっと相手を思いやるものだわ」

怒りに満ちた形相。

彼女は、きっと丹羽さんの前では優しく微笑むのだろう。

だがその顔を、きっと俺は一生知らない。知らずに済む。彼を魅了した女性のいいところなど敗北感しか与えない。

自分とは違う、と。

「どうか、お願いします。彼を責めないでください。俺達を放っておいてください」

「そんなことができるわけがないでしょう」

「お願いします」

重ねて言う俺に彼女は苛立った。

「止めて、頭を上げて。あなたの言葉なんて聞きたくない」

「俺のためでなく、丹羽さんのためにお願いします」

けれど彼の名前が出ると、一瞬彼女の言葉が止まる。

「あなたの言葉は身に染みました。これから…、これから別れる方向へ持っていきます。約束します。だから今暫く、あの人をそっとしておいてください」

俺は財布の中から一万円札を取り出すと、テーブルの上に置き、立ち上がった。

「今日はこれで失礼します」

「待って…！」

「どうかもう二度と、連絡はしないでください」

「待ちなさいよ…！」

一緒に立ち上がろうとする彼女を置いて、俺は個室から飛び出した。

店の人間の前を通る時には、携帯電話を取り出し「はい、至急伺います」と、まるで用事が出来たような芝居をして。

店を出ても、そのまま携帯を耳にあてたまま、裏路地へと入り込んだ。人のいないところを探すのは、電話をかけたいからだという顔で。

ようやく自動販売機の横の、街灯の光も射さない場所まで来ると、俺はようやく息を吐いて電話を外した。

これでいい。

連絡先を知られていなかったら、別れましたと言うことはできた。でも連絡先が知られてしまったから、どうしても彼女から丹羽さんに連絡を取らない方法を考えなければならなかった。

彼女は『丹羽さんのため』という言葉の前に攻撃を止めた。問い詰めれば丹羽さんが困るだろうと思ってくれた証拠だ。兄を苦しめたくないと思うのなら、彼女は我慢するだろう。

彼が戻らない理由が俺であることを認識し、恨む先が出来た。連絡が取れないジレンマはきっと俺への怒りに転化してくれる。

丹羽さんの望みを叶えることができた。

彼が自ら連絡を取りたいと願うまで、時間を稼ぐことができた。

たとえこれが自己満足であっても、少しだけでも彼の役に立てたと思うと、僅かながら救われる気がした。

自分が、彼の側にいた意味を見い出せたようで。

彼と出会った意味があったようで。

タクシーに飛び乗ってアパートへ戻ると、暗い部屋で一人泣いた。

何のために泣くのかわからなかったけれど、涙が止まらなかった。

時間を巻き戻せるなら、告白の前日へ戻りたい。

ただ心の中だけで彼を想っていた頃へ。

ゼロに近い可能性の中、ほんの少しの希望で一喜一憂していた。彼が自分に向けてくれる視線は優しかった。

告白をなかったことにできないのなら、彼の腕を知る前でもいい。

そういうことまで考えていないと言って、どうして抱きたいのかを問いただし、傷の浅い失恋で済ませてしまいたかった。

でも俺は彼の腕が熱いことも、彼の心に傷があることも知っている。

仕事に万全の自信を持ってることも、食べ物にうるさくて、疲れた時は甘える子供みたいになることも。

もう一度あの腕に抱かれたい。

自分が広げたあの傷を癒してあげたい。

そのどちらもが、もう叶わないとわかっているから、涙が出るのだ。

好きだった。

今も好きだ。

「丹羽さん…」

その気持ちが消えないことが、苦しいほど悲しかった。


自分のことを嫌いだと思ったことはなかった。

自分好きってわけでもないけれど、普通に今の自分というものに満足していた。

丹羽さんのことを好きになった時も、何で男を好きになってしまったのかと己を卑下したことはなかった。

彼は素晴らしい人だったので、こうなっても仕方がなかったと思っていた。

でも今は自分が嫌いだ。

何をやっても、自分を嫌いになる結果しか出てこない。

雛乃さんと会って、一芝居うった後も、自己満足が終わると後悔ばかりだった。

そういう関係になりましたなんて言わなければよかった。そもそも、恋人だと肯定しなければよかった。

あの時はあれが最適な答えだと思ったけれど、冷静になると穴だらけだった。

彼女も、きっと傷付いただろう。幸せな結婚をする花嫁に、大きな悩みを与えて逃げ去るなんて、最低だ。

恋愛は、頭の働きを悪くするのかも。

この恋に一歩踏み出す度に、間違った方向だったと後悔する。

真っ白な新雪の上に、自分の汚い足跡だけ残してきたみたいな気分になる。

何もしないで、雪原は雪原のままにしておけばよかった。

そんな反省を活かして、俺は暫くおとなしくしていた。

幸いにもトヨシマ自動車のプロジェクトは忙しく、残業も出るようになった。社内の手隙の人間はみんなこれにかかわっていただろう。

そのせいで、プロジェクトから外れた丹羽さんは、細かい仕事を纏めて引き受けることになったようで、彼は彼で忙しくしていた。

ただ、新人の小出はそれについて行けなかったようで、何度も丹羽さんに注意されている声を聞いた。

「確認しろって言っただろう」

「しました」

「して、忘れたらどうしようもないだろう」

「でも…」

「でもじゃない。自分がやらなかったことを言い訳するな。どうしても忘れるなら、メモを取るなり何なりして、自分で努力しろ」

「チェックした時は覚えてられると思ったんです」

「結果覚えてないんだろう。いいか、五時まで待ってやるから、自分で何とかしろ。俺は出てくる」

「…はい」

小出が可哀想で、丹羽さんの仕事が増えるのが心配で、俺はこっそり小出を呼ぶと、細かいやり方を教えてやった。

「俺もチェックミスで失敗したことがあるから、大丈夫だよ。小出は俺より優秀だから、すぐに慣れるさ」

「俺、怒られてばっかりで…」

「でも五時まで待つって言ってくれたし、お前の仕事を取り上げたりしなかっただろう?ちゃんと信用してるんだ」

「そうですか?」

「そうさ。忘れたデータ、パソコン通してるんなら、どっかにファイルが残ってるかもしれないからサルベージしてごらん。それから、丹羽さんが戻ったらまず謝罪するんだよ」

「俺が悪くないのに？」

「忘れたのは悪かっただろう？　まず最初に謝って、それから自分の言いたいことを言うんだ。あの人はちゃんと言葉を聞いてくれる人だから」

「はい」

「俺が口を出したって言うのは内緒だからね」

「はい」

小出は、決して鈍臭い男じゃない。

ただ虫の居所が悪い丹羽さんを相手にするには、まだ彼に慣れていないだけだ。そしてその虫の居所を悪くしているのは自分だから、彼のフォローは当然だった。

これも、自己満足だな。

彼等に手助けすることで、自分が『いい人』になった気になれる。

でも、その自己満足が、まだ今の自分には必要だった。

「あんまり甘やかすなよ。癖になるぞ」

芦田さんにはそうクギを刺されたけれど。

「甘やかしてるわけじゃないです。俺も、丹羽さんによくしてもらったから、今度は自分の番だなって」

「その丹羽だって、お前に甘え癖が付いたじゃないか」

「丹羽さんが？」

「お前が何でもフォローするから、雑務が疎《おろそ》かになった。中根と組んでる時はいいが、ああして他のやつと組ませると、途端に出来なくてイライラする。ま、それがわかってるからこそ、自分から一度距離を置こうとしたのかもな」

芦田さん言葉に、俺は曖昧《あいまい》に笑った。

嬉しい誤解だけれど、正しくはない。あの人は何でもできるし、自分に甘えたりなんかしていない。イライラしているのは俺のせいかもしれないけれど、別の理由だし。距離を置いたのも、別の理由だ。

けれどそれを告げるわけにはいかないから、笑うしかないのだ。

「そう言ってくれるなら、俺も少しは芦田さんの手伝いになれてるってことですね」

「少しはどころか、丁寧な仕事でやることも早い。何だったら、丹羽の下じゃなく、私の下に入るか？」

「…考えておきます」

それは笑えない誘いだな。

芦田さんの下に入った方が楽かもしれない。丹羽さんだって、その方が清々するだろう。

「もしかして、丹羽さんが俺をこき使ってくれって言ったんですか？」

心配になってそう問うと、芦田さんは笑いながら手を振って否定した。

「違う、違う。そんなこと言ってないよ」

よかった。

「そんなこと気にしてたのか。中根は親に捨てられた子供みたいだな」

「そうじゃないですけど。もしそうだったら、異動ってことになるのかなって」

「同じ課なんだから、そんな大袈裟《おおげさ》なことにはならないだろう。第一、あの男が手放さないさ」

そうだろうか？

そうだったらいいけど。

「雑務が一段落したら、丹羽に返さなきゃならないのが惜しいなぁ。本当に私の下に来ないか？　仕事はあいつより楽だぞ？」

芦田さんは、そう言ってもう一度繰り返した。

「俺の口からは何とも…。下っ端ですから」

「お前はもう下っ端なんかじゃないぞ。一人前の営業マンだ」

「ありがとうございます」

ここで『はい』と言ってしまえばいいのに。言えないのが未練だ。

もし芦田さんがそう申し出れば、丹羽さんは二つ返事で俺を渡すだろう。芦田さんが言い出さなくても、他の部署へ出せと進言するかも。

あの人は俺を遠ざけたいはずだ。顔も見たくないし、声も聞きたくないはずだ。俺と正反対に。

わかっているのに、自分から『離れる』とは言えない。

こうして、ただ好きでいることだけが最後に自分に残された幸福だから、自らそれを手放すことができない。

二、三日もすると、丹羽さんが小出を叱る声は聞こえなくなった。

代わって昼食に誘う声が聞こえた。

何も知らない小出は俺に感謝し、自分で頑張ってみますと俺の手を離れた。

またすることがなくなって、退屈な日々。

こういうのを、ずっと繰り返してゆくんだろう。

丹羽さんのことを気にして、彼のためになりそうなことを見つけてはこっそり手を出して、そしていつかは彼のことを忘れられる。

でも『いつか』なんて日はいつもやってこない。

少なくとも、今暫くは…。

月曜日。

週末、一人で部屋に籠もっていると、ただ一人の人のことしか考えられず、鬱々とした時間を過ごすことしかできない自分にとって、仕事が始まるのはありがたかった。

天気は小雨まじりのじめじめとした嫌な天気だったが、季節外れの冷え込みも心地よく思える。

芦田さんの下で雑務をやるのは、先週で終わりだった。

打ち込むべきデータも、整理するべき資料も、予定より早く片付いてしまったので。

月曜からは新しい仕事をしてもらう、と言われたけれど、きっとそれもトヨシマ自動車関連のものだろう。つまり、丹羽さんとは別の仕事ということだ。

丹羽さんの方は、週末、珍しくミキタニ飲料のコンペを落としたと言って少しふて腐れていた。

だが自分の力の足り無さだとしょげる小出に、優しい言葉をかけていた。

誰でも失敗はする。

次にどう頑張るかでその失敗をいいものに変えられるのだ。

頑張ってもどうにもならないことはあるだろうが、そこで止めてしまったら何も残らないぞ、と。

自分だって、がっかりしているだろうに、小出の前では笑っていた。

彼がふて腐れていると気づいたのは、俺や、古株の上司くらいだろう。

週明けからは、有川製菓にかかるのかな。それとも、小出から飲食店関係の仕事の話を尋ねられたから、別の仕事に行くのだろうか？

自分には関係ないのに、つい心配になってしまう。

以前は出社前に丹羽さんと待ち合わせてクライアントの社に顔を出してから会社に向かったものだが、今は事務なので定時にオフィスに入る。

「おはようございます」

と挨拶して一歩足を踏み入れた俺は、ドキリとした。

朝一番なのに、そこに丹羽さんの姿があったから。

ただ『居る』というだけだ。俺を待っていたわけでも、微笑みかけてくれるわけでもない。それでも、朝一番に彼の姿を見ると動揺した。

「いやだ、太っちゃいますよ」

「女は触り心地がいい方がいいだろ。男の求める身体と、女の求める身体は違うんだぞ」

「そんなの昔の話ですよ。今は男だって、痩《や》せろって言いますもん」

丹羽さんのデスクの周囲には、女子社員を始めとした数人が集まって、楽しそうに会話していた。

「小出くんは痩せてるのとふくよかなのと、どっちが好き？」

「え？　俺ですか？　俺は別にどっちでも……」

俺のデスクを使っている小出も、その輪の中に入っている。

本当なら、そこは自分のポジションだ。

だがそれを主張するのも空しい。

俺は賑《にぎ》わいを横目に、奥の芦田さんの隣のデスクに向かった。

とはいえ、やることは週末に終わっているので、芦田さんがまた出社していない今、特にすることはないのだが。

仕方なくメールのチェックをしていると、突然傍らに人が立ち、手元が陰った。

一瞬、『もしかして』と思って顔を上げたが、そこにいたのは小出だった。

「おはようございます。おすそわけです」

言いながらバームクーヘンとマカロンの載った紙皿を出す。

「おすそわけ？」

「田舎からお菓子が送られてきて、一人で食べ切れないんで持ってきたんです。それと丹羽さんの手土産も」

なるほど、あそこに人が集まってるのは、この菓子のせいか。

「中根さんには色々お世話になったんで、量、ちょっと多めにしました。女性陣には内緒ですよ」

「ありがとう。でも、持ってくる時に見られてたら、内緒にならないんじゃないの？」

「みんな丹羽さん見てましたから。あ、コーヒーいります？　持って来ましょうか？」

「いや、自分でやるよ」

「いいですよ。ちょっと待っててください」

紙皿を置いた小出は、給湯室に消え、すぐに彼の分と合わせて二つのカップを持って戻ってきた。

「はい、どうぞ」

芦田さんの席は空いているのだが、流石に上司の席に座るのがはばかられるのか、彼は立ったままカップに口を付けた。

「ミキタニ飲料、残念だったね」

「ええ…。中根さんには色々教えてもらったのに、成果が上げられなくてすみません」

「そんなことないよ。丹羽さんがやってダメだったんだもの、誰でも一緒さ。きっと運がなかったんだよ」

「丹羽さんのプレゼン、カッコよかったですよ」

「うん。ズバズバものを言うからね。ビジョンもしっかりしてるし」

「中根さんも憧れですか？」

憧れ、か。

「そうだね。ああなりたいと思った頃もあったな」

「今は？」

「無理だってわかったから、自分にできることを頑張ることにした」

「そうですか…。焦らなくてもいいのかなぁ」

小出がため息をついた時、芦田さんが横を通って紙皿を覗き込んだ。

「お、朝からいいもん食ってるな」

「おはようございます。食べますか？　持って来ますね」

小出が勢いよく飛び出してゆき、芦田さんが隣に腰を下ろす。

「誰か旅行か結婚式でも行ったか？」

「どうして結婚式なんです？」

「そりゃバームクーヘンといえば引き出物だろう」

「違いますよ、これ、うちから送ってきたんです。でもそうか、結婚式出たからこんなの送ってきたのかも。はい、どうぞ」

確かに俺にはサービスだったのだろう。持ってきた芦田さんのバームクーヘンは俺のより小さかった。

「あの、また仕事の相談乗ってもらっていいですか？」

「いつでもいいよ」

「それじゃ、また」

芦田さんが来たからか、小出はそそくさと自分のところへ戻って行った。

「懐かれたな」

「そうですか？　でもそれなら嬉しいな。俺、下がいませんから」

「兄弟いないのか？」

「下は。上はいますよ。兄と姉と」

「ああ、だから丹羽と上手くやれるんだな。あいつんとこは下がいるはずだから」

予期せず雛乃さんの存在を匂わす言葉に、怒りに満ちた彼女の顔が浮かぶ。

「どれ、食いながらでいいから聞け。今日からタイムスケジュールの相互作成の仕方を教えてやるから」

「はい」

だが、指先を震わせるその記憶も、すぐに仕事の話で上書きされた。

平穏な日常だ。

自分の胸の中にぽっかりと空いてしまった穴だけが、その穏やかさを寂しく感じさせるが、そんなことに関係なく世界は回っている。

大きな嵐が過ぎて、凪《な》いでいる海のように。

こうして、人は悲しみを過去にして、『いつものように』という自己暗示にかかる。

丹羽さんを遠く見て、慕ってくる後輩と、認めてくれる上司がいて、忙しく仕事と時間に追われる。

この空虚さを、丹羽さんも味わったのだろう。妹を忘れようとした時に。そう思うと、耐えられる。

何も起きない。

起こるはずも、もうない。

その筈だったのに…。

俺は突然丹羽さんに呼ばれた。

「中根、ちょっと来い」

「はい」

仕事のことだとわかってるのに、彼に久々に名前を呼ばれたことで胸が躍る。

小走りに彼の前まで行き、その顔を見ると、涙さえ出そうだった。

ああ…、この人が好きなんだ。それをまた実感する。

「何でしょう?」

「いいから来い」

態度は、相変わらず冷たいものだった。

でもこんなに近くに来たのはデスクを移って以来だったので、おとなしくついてゆく。

丹羽さんは俺を連れたまま、小会議室へ入ると、「鍵をかけろ」と言って、テーブルの上に腰掛け、タバコを取り出した。

小会議室は喫煙ができるのだ。俺はすぐに排煙用に空調のスイッチを入れ、アルミの灰皿を彼の前へ置いた。

その灰皿を、彼がちらりと見て、自分の方へ引き寄せる。

狭い空間には、すぐにタバコの匂いが充満した。

「土曜、雛乃の結婚式だった」

「…え？　それは…」

おめでとうございます、と言っていいのだろうか。迷っていると、彼が言葉を続ける。

「出てきた。…出席してきた」

言い直すように繰り返す。

「そうですか…」

これもまた、よかったですねと言うべきことかどうか悩む。

「親から泣きつかれてな。先方へも外聞が悪いというから仕方なくだ」

「でも、妹さんは喜ばれたでしょう？」

これは厭味《いやみ》に聞こえないよな？

「喜んで、か…。お前、雛乃に会ったそうだな」

「え…」

連絡は取らないように頼んでいたのに…。

いや、式で会ってしまえば、連絡を取るも取らないもないのか。

「…すみません」

「何故謝る。呼び出したのはあいつだろう」

どこまで聞いているのだろう。

俺は申し訳なさで顔が上げられなくなった。

彼も何も言わず長い沈黙が続く。

部屋には、ただ彼がタバコを吸う音だけが響いた。

「どうして、俺を罠にはめたなんて言った」

空気が痛い。

「本当のことです。あの時…、丹羽さんは酔ってましたし」

「だが襲ったのは俺だろう」

「好きと言ってしまったのは俺です。あんなことを言わなければ…、丹羽さんはその気になんかならなかったでしょう?」

自分が悪い。

それは何度も後悔したことだ。

「あいつが、別れてくれと頼んだそうだな」

「それは…、当然です」

「会った時には、もう終わってたのに、どうしてまだ別れていないことにした?」

怒っているのだろうか?

でも声は静かだ。

「その方が、あなたが妹さんと会わない理由になるかと思ったからです」

「騙《だま》されただけなんだから、恥じることはないと言われた。あいつん中じゃ、酔い潰れた俺にお前が乗ったことになってるみたいだな。意識がなかったとまで思ってるらしい」

「その方が、いいです」

「お前は極悪人だぞ」

心配してくれるような響きを感じて、俺は微笑った。

「だって、本当のことじゃないですか」

俯いたままだったが。

「丹羽さんが酔ってるってわかってて、自分も酔ってたからって、勝手に告白して。あなたに、他に好きな人がいるってわかってても、ずっとそれを隠してあなたに抱かれ続けた。それでも…、どうしても自分の望みが叶えたくて。あの時、ちゃんと『好きな人がいるんですね、俺は身代わりなんですね』と問いただしておけば、一度だけの過ちで終わったでしょう？」

手を伸ばせば、届く距離だった。

けれど俺は立ったまま、彼はテーブルに腰掛けたまま、その僅かな距離さえ縮めようとはしない。

「俺は…、あなたの寂しさに付け込んだんです。誰を好きだかわからなくても、前の恋に傷ついたんだろう。だったら自分が側にいて、その傷を癒して、その人の代わりにあなたを手に入れようって。…浅ましい考えだったんです」

だから、彼がとても遠くにいるような気がした。

「なのに、妹さんと会って、あなたの恋が終わってないんだってわかったら、悲しくなって、勝手にあなたの気持ちを傷つけた。自分が…、こんなに悲しいとわかって欲しいと。最初からあなたが自分のものじゃないってわかってたのに、実際そうなったら逆ギレしたんです。身勝手な、極悪人でしょう？」

今度は自嘲のために口元が歪む。

「でも、妹さんの結婚式に出席できたのなら、もう丹羽さん心の整理はついたんですね」

俺がまだこうして彼への恋にうじうじとしている間に、全てが終わったのか。

本当に俺なんかに関係なく、世界は回る、だ。

「妹さんの言葉を聞き入れて、俺とは別れたって言えばいいです。本当にもう終わったことですし。…いえ、始まってもいなかったのかな？　罪滅ぼしで付き合ってただけだって言えばきっと許してくれますよ」

「お前はそれでいいのか？」

「俺は彼女と二度と会うことはないでしょうから、どう思われても平気だし。大体は事実ですから」

彼が静かに話し続けていることが、辛かった。

怒ったり、嫌ったりしている時には、まだ『俺』を意識していたのだろうけれど、これでもう本当に『過ぎたこと』になったんだなぁと思って。

何度も終わりだと思ったけど、これが本当の終わりなのだ。

デコボコと続いた関係が平らにならされて、俺達の間には何もない。

「元々、俺のことを好きなわけでも、男が好きなわけでもないんですから、妹さんのことが終われば、きっと丹羽さんには素敵な彼女ができますよ。そうしたら、過ぎたことなんか忘れて、幸福になってください」

「お前は…、それでいいのか？」

「いいも何も…」

嫌に決まっている。

あなたが他の人のものになるなんて。

でも…。

「俺のことはいいんです。自分がしたことはよくわかってますから。せめて、あなたが幸せになってくれれば、俺も安心します」

「中根」

ふいに、腕が俺の肩を掴む。

その衝撃に、堪えていた涙がぶわっと溢れる。

泣いてはいけない。彼に罪悪感を与えるようなものだから。そう思っていたのに、もう我慢ができなかった。

驚いた表情を浮かべた丹羽さんの顔を見ると、涙が止まらなかった。

「お話がこれだけなら、失礼します」

俺は肩の手を振り切って、会議室から飛び出した。

「中根」

一度だけ、名前は呼んでもらえたけれど、追っては来なかった。

俺はトイレに駆け込み、個室の中で声を殺して泣き続けた。

自分は、丹羽さんにとって『過去の出来事』になった。

彼はもう前に進んでしまった。

どこかで、彼も同じ気持ちを抱いていると思っていた支えすらなくなってしまった。

彷徨っているのは俺だけだ。

引きずっているのは、俺だけなのだ。

妹さんも、丹羽さんが俺と別れたと知れば彼のことを許すだろう。丹羽さんは、妹さんの幸福を祝福できるようになったのなら、次の恋を見つけようと思うだろう。

自分だけが、一人、どこにも行けずに立ち止まっている。

これが全ての結末だった。

どんなに辛くても受け入れなくてはならない、現実だった…。


トイレで涙が乾くのを待ってオフィスに戻ると、もう丹羽さんはいなかった。

小出の席も空いていたから、外回りの仕事に出たのだろう。

俺は体調を崩したからと言って、芦田さんに早退を申し出た。

泣き腫《は》らした顔は、熱でもあるように見えたのか、仕事が週末で一段落ついていたからか、芦田さんはすぐに許可をくれて、「ゆっくり休め」と温かい言葉をくれた。

外へ出ると、ランチタイムが始まる頃で、街には人が溢れていた。

皆、目的を持って足早に歩いてゆく。

その中で、一人だけ時間の進みが違うかのように、ゆっくりと歩く自分は、世界中から取り残されたような気持ちになる。

電車に乗って、アパートの部屋に戻ると、余計に孤独を感じた。

空回りだ。

起点はいつも自分だけれど、他所を引っ掻き回して、最後にはこうして自分だけが一人で結果を負う。

誰が悪いわけではない。

悪いのは俺だ。

後悔し過ぎると次の一歩が踏み出せなくなるというけれど、今自分の抱えている後悔はまだ『し過ぎる』というほどではないだろう。

みんな、この嵐を抜け出した。

妹さんは、兄がいなくなった理由を見つけて、しかも悪いその理由から離れて戻ってきてくれることを歓迎するだろう。

結婚して、自分の好きな人と幸福な生活を送れば、丹羽さんにかかわることも減り、適度な距離で適度な関係を保つ。

丹羽さんも、どこかで折り合いをつけて長い恋を終わらせた。

まだ傷口は乾いていなかったとしても、祝福を口にできるぐらいには片付けた。

俺への怒りも、愛する人の幸福を見て治まったのかも。

だとしたらきっと、みんななかったことになってゆくだろう。彼にとって俺はいい思い出にはならないし、むしろ俺が恋を暴いてしまったことで、思い出したくないことにカテゴライズされるはずだ。

これからは仕事をして、いつか新しく心惹かれる女性に会って、結婚する。

彼は男性を好きなわけではないし、彼ほどの人が本気で愛したら、結婚できない理由がない限りどんな女性だって彼を好きになるに決まってる。

そして俺は…。

これからも、毎日自分が一番愛しいと思っている人を見続けて、その度に自分のしでかしたことや、忘れたい恋心を呼び起こされる。

そんな中で、彼を忘れるのはとても辛く、大変だろう。

でもやらないといけないことだ。

同じ失敗はしてはいけない。

彼には近づかない方がいい。

俺が彼をまだ好きでいると思われない方がいい。

俺を憎まなくなったら、丹羽さんは俺に手を出したことを後悔するだろう。そしてまだ俺だけが恋の中にいると知れば、悪いことをしたと自責の念にかられるかも。

優しい人だから。

「転職したい気分…」

丹羽さんのいない場所へ行けたなら、彼を忘れることは少しだけやりやすくなるかも。

でも俺にはその勇気はなかった。

まだ彼を見ていたかったし、この不況下で自分のキャリアではすぐに新しい仕事も見つからないだろう。

新しい恋…、は無理だ。

まだこんなにも彼が好きだから。

スーツのまま仰向けに引っ繰り返ったベッドの上、蛇口が壊れた水道みたいに静かに涙が流れてゆく。

でもそれを拭う気にもならなかった。

泣くのは一種のストレスの解消法だと聞いたことがある。

だったら、泣くだけ泣けば、少しはこの気持ちが楽になるのかもしれない。どんなことでも、今よりマシになるならいい。

『好き』に『だった』を付けられるようにならないと。

今は無理でも、それがみんなにとって一番いいことだ。

この気持ちを過去へ追いやることができれば、もしかしたらまた仲のいい先輩と後輩ぐらいには戻れるかもしれない。

最後に掴まれた肩が熱い。

その熱を確かめるように、自分の手をそこに重ねる。

「好き…」

ただそれだけのシンプルな気持ちが、許されない。

『俺が許してやる』

彼が最初に口にした言葉が胸に残る。

彼は、一度も俺の恋を笑ったりしなかった。嫌悪も見せなかった。関係が終わっても、そのこと自体を咎《とが》めたことはなかった。

だから、この気持ちは許される。外に出さなければ。

でも隠しおおせることができないから、忘れなければならないのだ。

どんなに時間がかかっても…。


翌日、朝起きて、ちゃんと食事をして、身支度を整えて、会社に向かう。

泣こうが喚こうが朝は来るし、生きるために働かなくてはならない。

俺がちゃんとしていることが、みんなにとっていいことだと、自分にとっても前向きになるきっかけだ。

だから、いつもと変わらず、俺は電車に乗って出社した。

「おはようございます」

昨日と変わらないオフィス。

「おはようございます」

一番に駆け寄ってきたのは小出だった。

「昨日、早退したんですって？　大丈夫ですか？」

「うん。風邪だったみたい。一晩寝たら治ったよ」

心配してくれる後輩に、俺は笑う。

こうして気にかけてくれる人がいることに、安堵する。

「小出。出るぞ」

丹羽さんの声が響くと、胸が軋むけれど、そちらを見ないようにしていれば微笑みを消さずに済む。

「昨日はすみませんでした」

彼に背を向け、芦田さんに頭を下げる。

「風邪？」

「だったみたいです。でももう平気です。何でも言ってください」

「そうか、じゃあ昨日の続きをしようか」

「はい」

大丈夫、を何十回、何百回と心の中で繰り返す。

何度も言っていれば、きっとそれが本当のことになるから。

「雑誌の方のリストアップはこちらでしたが、どうも向こうが難色を示しててな」

「コンセプトラインに合わないんでしょうか？」

「取り敢えず要望は聞いたそうなんだが、煮え切らないらしい」

「予算ですかね？」

「そうじゃないみたいだな。だからここはまだ空欄で。市川《いちかわ》が午後に顔を出したら、ラフが届く。クリエーターも、雑誌が決まらないと、とゴネてるらしい」

「でももう納期ですよね？」

「だから問題なんだよ」

この仕事は、丹羽さんが取ってきた仕事だったな。

そう思うとつい張り切ってしまう。

大丈夫、頑張れる。恋が全てじゃない。自分には他にやることがいっぱいある。

また『大丈夫』を繰り返し、俺は仕事を続けた。

ランチは芦田さんと取りに出て、午後にはクリエーターのラフをチェックして、口論する芦田さんと市川さんの仲裁に入って。

最終会議に同席して、最後のラインを確認し、それを元にまた工程表を修正する。

社内稿のチェックに呼ばれ、少しだけ意見を言って、クライアントへの手土産の相談に乗って、デスクに戻る。

外回りから戻ってきた丹羽さんの姿をちらりと見ると、小出が自分を見たのかと勘違いして手を振った。

長い、長い一日だった。

忙しさが、自分には丁度いい一日だった。

「中根さん」

その終わりに、また小出が俺に声をかけた。

「体調、もういいんですよね？　お酒、飲めます？」

「うん、いいけど。何か相談？」

「いいえ、合コンです」

「合コン？」

「近くの化粧品メーカーに、大学の同期がいるんですけど、予定してたより女子のメンバーが増えたからって言われて。中根さん、フリーでしょう？　よかったらどうですか。

化粧品メーカーって、レベル高いですよ」

「そうなのか?」

「みんな自社の製品のユーザー代表として身綺麗にしてますからね」

声高に話す小出の向こうに、丹羽さんの姿が見えた。

俺が、彼のことをまだ引きずっていないと思わせるにはいいチャンスかもしれない。

「そうだな。じゃあそこで新しい恋でも探そうかな」

俺もちゃんと終わらせました。

あなたの手を離れました。

もう俺のことで気に病むことは何もありません。俺も、新しく彼女を作ります。そんな意思表示として小出の言葉を利用した。

「やった。中根さんならモテモテですよ。草食系ハンサムですし」

「何だよ、その草食系ハンサムって」

「ガツガツしてなくて穏やかかってことです。お持ち帰りOKなんで、頑張って彼女探してください。あ、俺と好みが被った時のサインとか決めときます?」

「いいよ。優先権は小出にあげる」

「遠慮しなくていいですよ。恋は戦いですから」

「生意気言って」

明るい小出の態度に笑いを浮かべると、突然自分の席にいたはずの丹羽さんが、小出を押しのけて俺の腕を取った。

「残念だが、中根は不参加だ」

「…え？」

「やり残したことがあるだろう。女を漁るのはその後にしろ」

「あの…、俺、何か仕事を…」

「いいから来い」

丹羽さんは、掴んだ腕をグイッと引っ張った。

情けない。

どんなことでも、彼が自分を呼ぶなら断れないのだから。

「ごめん、小出。俺ポカッたみたいだから、誘いは今度また」

強引に連れ去られながら、俺は小出に手を上げて謝罪を示した。

「ポカッて…。中根さんずっと違う仕事だったじゃないですか…」

そんな彼のボヤキを聞きながら。

会社を出ても、飛び乗ったタクシーで移動する時も、丹羽さんは苦虫を噛み潰したような難しい顔でずっと黙っていた。

彼がこんなふうにしているのを、俺は初めて見た。

いつもならトラブルが起きてもちゃんと説明してくれるのに、それもない。

何かとんでもないことをしてしまったんだろうか？

ミキタニ飲料の一件が俺の最後の仕事だけれど、あれはコンペに落ちて終わったはずだし、引き継ぎもちゃんとやった。

ということはその前？

ひょっとして、トヨシマ自動車だろうか？

あれは丹羽さんの取った仕事で、俺も付いていた。しかも、彼は手を放したが、俺はまだ携わっている。

トヨシマは、社運をかけたと言ってもいいくらい大きな仕事だ。

今だって、クライアントがゴネて納期直前になって頓挫している様子がある。今日の会議の紛糾ぶりはこの目で見てきた。

もしトヨシマ自動車のことでトラブルが起きているなら…。俺は真っ青になった。

どうしよう。

彼のためにとか何とか言ってるどころじゃない。会社に対して申し訳なさ過ぎる。

質問するのも怖くなり、俺も黙ったまま彼の隣でじっとしていた。

タクシーは丹羽さんのマンションの前で停まり、降りる時にも、彼は俺の手を引っ張った。

みんなの前で怒らず、こっそりと説教しようというのだろうか？

余計ことが重大なような気がして気が重い。

ドアの鍵を開ける時、ようやく手を放してもらったが、「入れ」と先に中へ入れさせられた。

何度も通った部屋。

なのにもう懐かしささえ感じる。

二度と入ることが許されないかと思っていたから。

「あの…」

「座れ」

命じられて、あの大きなソファに腰を下ろす。

丹羽さんはイライラとした様子でタバコを取り出し、一旦は口に咥えたが、舌打ちしてテーブルの上に投げた。

「俺、どんな失敗をしたんでしょうか？　やっぱりトヨシマのことですか？」

覚悟を決めて問いかけると、彼はちらっとこちらを見た。

「違う」

「じゃ、何の…」

「仕事のことじゃない」

「でも、やり残したことって…」

「合コンに行きたかったのか」

「いえ、そういうわけではないですけど…」

「お前、小出の面倒を見てただろう」

そっち？　勝手に手出しをして怒られているのか？

「…すみません。でも、小出はまだ慣れてなくて…」

「あいつがしきりにお前を持ち上げてた」

丹羽さんにいい印象を与えたいと思って小出に親切にしていたと思われたのか。

「あれは、ただ仕事が上手くいくようにと思って助言しただけで、決してよく思われようとか考えたわけじゃないです」

「小出が気に入ったか。新しい相手にでもするつもりか？」

「そんな…！」

「合コンに行って、見つけるつもりだったんだろう？」

「だって…、その方がいいでしょう？　俺があなたを好きだと、丹羽さんが困るでしょう。

早く忘れてくれって思ってるんじゃないんですか？」

あらぬ疑いをかけられて、ショックと共に少し怒っていた。

俺がそんなに簡単に誰でも好きになると思っていたのか。丹羽さんに告白したのだって、物凄く勇気が必要だったのに。

「俺だって、努力してるんです。あなたを忘れるように。でもだからと言って誰でもいいわけじゃありません！　俺のことを、そんなに軽い人間だと思ってたんですか？」

「…そうじゃない。そうじゃないが…。他の男の方がいいだろう。いや、違う…」

丹羽さんはテーブルに捨てたタバコに手を伸ばし、もう一度口に咥え、今度は火を点けた。

「新しい相手を見つけるために行くんじゃないなら、行くな」

「…相手に失礼だって言いたいんですか？」

「違う」

彼はバリバリと頭を掻いた。

「雛乃の結婚式に出ろと、オフクロから電話がうるさかった。特に理由もないのに兄が式に出ないのはおかしいだろうと。俺は…、あいつが他の男のものになるところなんか見たくなかった。だが、あいつの幸せを壊す気にもなれなかった。お前の言葉が頭に浮かんで…」

「俺の言葉？」

「好きな人が幸せになるなら祝福しないと、と言っただろう。自分が幸せにできないことを他の人がしてくれるんならって。あいつは俺に懐いてはいるが、俺が愛してると言っても幸福にはなれない。それなら、せめて幸せになるところだけは見てやろうと思った」

話の流れは違うけれど、このことを報告したかったのだろうか？

合コンなんか行かないで、俺の話を聞いてくれ、と。他にこのことを相談する相手がいないから。

「式の後、あいつからお前と会ったと話を聞いた」

「そのことは昨日…」

「お前は、俺のために泥を被ったな」

「本当のことを言っただけです。俺が…」

「俺が、お前を抱いたんだ。酔いに任せて、お前が俺を好きなら何をしてもいいだろうと。中根の気持ちなんか考えてもいなかった。雛乃が結婚すると聞いてショックで、だがあいつにはそれを知られるわけにはいかなくて」

「わかってます」

「行き場のない気持ちを、お前にぶつけた。俺を好きなやつなら、俺が抱いて喜ぶんだろう、だったらこれでいいと。お前が誘ったわけでも、俺に乗ったわけでもない。俺が自分の意思でしたことだ」

やはりそういう考えだったのか。

わかっていてもキツイな。

「お前は俺が誰を好きだか知っていた。なのに、俺に尽くした」

「好き…、でしたから」

「隠してたことを暴かれて腹を立てたが、そのことをなかったことにはしない」

「…ありがとうございます」

礼を言ったのに、彼はまた腹立たしそうに頭を掻いた。

「違う。そうじゃないんだ。俺が言いたいのは…」

「…丹羽さん？」

彼は、俺から視線を逸らした。

「…新しい相手を見つけに行くな」

ふてくされたような声。

「お前の相手は、俺でいいだろう」

「でも、それはもう…」

「『もう』？　俺のことは嫌いになったか」

「…酷いことを」

俺のことを嫌ってるのはあなたの方でしょう。

「ああ。酷いことを言ってる。その自覚はある。だが仕方がないだろう。気づくのが遅かったんだから」

彼はタバコを消して、俺に向き直った。

「雛乃の式の間、お前のことばかり考えてた。俺がここにいられるのは、中根がいたからだと思った。俺はずっと雛乃が好きだったが、その想いをぶつける先がなかった。ヘタに優しくすれば、自分に自制が効かなくなるとわかってた。そこにお前が現れた。最初に手を出したのは酔ってたからだ。憂さ晴らしだった。それは認めるし言い訳はしない。だがあんな目にあって、嬉しいとお前が笑ったから、お前を大切にしてやりたいと想った。雛乃にできなかったことを、お前にしてやろうと」

「身代わりだったんですよね。わかってます」

「そうだ。身代わり『だった』」

彼の声が少しずつ落ち着いてきて、話し方もゆっくりとなる。

「お前としてる恋人ごっこは楽しかった。それでお前が喜んでるのが嬉しかった。だから、中根がそれが『ごっこ』だと知っていたと聞いた瞬間、恥ずかしくてカッとなった。上手くやってるつもりだったのに、全部バレてたのか、と。逆ギレだな」

「そんな…。俺が黙っていたのがいけないんです。騙したのは俺です」

「騙してた、というのか」

「だって…、隠してたのは事実ですから」

「式に参列した時、俺が何を一番に思ってたかわかるか？　このことをお前に伝えたら、どんな顔をするかってことだ。お前なら、隣にいて『よかったですね』と言うだろうなと思った。何でお前のことなんか思い出すんだと否定した後に、雛乃と会った話を聞いて、自分だけが悪者になるような説明をしたのを知って、お前らしいと思った。だから、雛乃には別れるつもりはないと言った」

「…え？」

「俺が、酔った勢いでお前を襲ったとも言った」

「なんでそんな…」

「事実だからだ。嘘はつけない」

「でもそれじゃ妹さんは…」

「聞いてたか、中根。俺は別れるつもりはないんだ」

俺の言葉を遮って、彼は繰り返した。

「小出に優しくしてることにも腹が立ったし、あいつと合コンに行くなんて許せない。新しい恋なんて探すな」

自分の聞いている言葉が、何を意味しているのか、理解できなかった。

だって、これではまるで…。

「たとえ世間が許さなくても、俺は自分の気持ちを曲げることはできなかった。だが相手がそれを許してくれないのであれば、愛情を示すことはできない。惚れてるからこそ、不幸にはできない。だが、お前は俺に愛されることは不幸じゃないいんだろう？　俺が愛していい相手なんだろう？」

「言ってる…、意味がわかりません。俺はあなたに愛されることは嬉しいです。でも…、でもあなたが好きなのは別の人で…」

声が震える。

また俺は自分にとって都合のいい解釈をしているんじゃないだろうか。夢など見てはいけないと言ったのに、また『もしかして』という夢を見ているんじゃないだろうか。

「…そうだな、はっきり言わないとな。俺のしたことは、今言った通りみっともないことばかりだった。それを全部知られて、恥ずかしさでいっぱいで、子供みたいに拗ねていた。中根のことなんか好きじゃない、雛乃の代わりだ。いなくなったってどうってことないって。だが、今は違う。昨日お前を泣かせたことを後悔してる。お前に新しい相手ができることに嫉妬してる」

丹羽さんは、俺の肩に手を置いた。

昨日と同じように、そこから彼の熱が伝わる。

「見栄を張って大切なものを失うぐらいなら、自分が身勝手でみっともない人間だと認めて、お前を引き戻したい。お前が必要なんだ。俺に、思う存分愛させてくれ」

「俺…は…、雛乃さんの代わりには…」

「お前がいい。中根が好きなんだ。誰の身代わりでもない」

唇が近づき、頬に触れる。

「俺のためにエビカレー、作ってくれるんだろう?」

何度も、何度も。

「お前は俺の望みを叶えてくれる。いつも、いつも。だから今度も、俺の望みを叶えてくれ。もう一度お前とやり直したい」

「丹羽さん…」

その唇が、自分の涙を拭っているのだと気づいたのは、彼が小さく「しょっぱいな」と笑った時だった。

「…好きです」

この言葉を、もう一度彼に伝えられる日が来るなんて、思ってもいなかった。

「あなたが好きです。今も、忘れたりなんかできなかった…」

「忘れなくていい。ただ許してくれるだけで」

唇に重なったキスは、確かにしょっぱかった。

その味を、きっと俺は一生忘れないだろう。

初めて、彼が『俺』にしてくれたキスだったから…。


「今度こそ、『中根』を抱きたい」

深いキスの後、丹羽さんは耳元で囁いた。

「誰かの代わりじゃなく、酒の勢いでもなく。お前が欲しい」

夢を見ているんじゃないかと疑うような言葉。

けれど俺を喜ばせる言葉はそれだけではなかった。

「本当は、もうずっと前にその気になってた。俺はストイックな人間じゃないからな。だが初めての時に酷くしたから、その勇気が出なかった」

「その気って…」

「挿入《い》れたいってことだ。抱きはしたが、中に入れるのはできなかった。だが調べてもいたし、準備もしていた」

「準備…?」

「まあ色々な。ただあの時は自分が本気じゃないと思ってたから、出来なかった。もしま

た傷つけたらと思うと、その責任が取れないと思って。だが今度は違う。傷つけないように注意するし、もし傷つけても、愛ゆえだと言ってやれる」

都合がよすぎるだろう？

丹羽さんが俺を欲しいと言ってくれるなんて。そのために準備をしていたなんて。

「抱いて、いいな？」

夢なら覚めないで欲しい。

たとえ傷ついても、その望みを叶えたい。

いや、これは俺の望みだ。それに彼が応えてくれるのだ。

だから返事は一つだった。

「…はい」

丹羽さんはもう一度俺にキスすると、手を取って奥の寝室へ向かった。

あの夜のことを覚えている。

あの時は、強引だった。

戸惑って、何も考えられないうちにベッドに乗せられ、求められた。

だが今夜は違った。

丹羽さんは俺をベッドへ座らせると、ゆっくりと、まず自分のスーツを脱いだ。

ワイシャツ姿になると、一旦部屋から出て、戻ってきた手には紙袋があった。

「それは…？」

「訊くな。必要なものだ。それとも、想像がつくか？」

にやりと笑われて顔が赤くなる。

自分の考えてることが当たっているとしたら、彼は本当にちゃんと準備をしてくれていたのだということになる。そしてそれは、男の『俺』を抱くための準備であって、『雛乃』には必要のないものだろうから。

「脱がないのか？　脱がせて欲しいのか？」

「自分で…」

指摘され、慌てて自分もスーツを脱ごうとした。だが、手が震えて、ネクタイから上手く外せなかった。

もたもたとしていると、彼の手がネクタイを解き、スーツのボタンを外す。

「何度か抱いたのに、初めての気分だ」

俺も、彼と同じ気持ちだった。

インサートは最初の一回だけだったが、その後、乞われるままに何度か彼に抱かれていた。

それはただ身体に触れ合うだけのものだったが、ちゃんとイクまでしていた。

なのに、今初めて抱かれる気分だ。

最初は、勢いだった。

これが最初で最後のチャンスかもしれないと、何も考えずに抱かれた。

二度目からは、彼が求めているのは自分ではないのだとわかっていながら、彼を繋ぎ止めるために自分の身体を利用していた。

自分に触れて来る手は、他の人を想ってのものだと思って。

けれどこの手は違う。

だから胸が高鳴る。

「お前を愛してやることができたら、幸せだろうと思ってた」

上着が脱がされ、ベッドの外へ捨てられる。

「俺のことだけを想って、俺のことしか考えていない中根を愛しいと思えたら、幸せだろうと」

ボタンを全部外されたワイシャツが開かれ、露になった胸を軽く押されてベッドに仰向けに倒される。

「思った通りだ」

心臓の位置を探るように胸を撫でる手。

「俺を待ってるお前を心ゆくまで愛していいんだと思うと、柄にもなく幸せだと思ってしまう」

そして顔がその胸に埋まる。

「…あ」

濡れた熱い舌が、肌を濡らす。

手は、すぐに下肢に伸びた。

ズボンのボタンを外し、ファスナーを下ろし、手が下着の中へ入り込む。

そして俺のモノに躊躇なく触れ、包み込んだ。

「あ、あ…っ」

そのまま優しく揉《も》んでくるから、すぐに反応してしまう。

頭をもたげ、硬くなったソレが、下着の中から引き出されると、彼は胸にあった舌をゆっくりと下へ移動させた。

ついばむようなキスを残しながら、胸から腹、腹からその下へ。

「丹羽さ…!」

最後には、おもむろに勃起したソレを口に含んだ。

「待って…、そんな…っ!」

生温かい舌が絡み付く感覚にゾクリと肌が粟立《あわだ》つ。

「いや?」

「だって、そんなとこ…」

焦って答えると、彼は笑いを含んだ声で答えた。

「したいからしてる」

笑っているかどうか、その表情は確かめられなかった。だって、彼の顔の前には自分のモノがあるから。それを握っている彼の手と、今含んだばかりの口があるから、恥ずかしくて…。

「でも…」

「男とわかって抱いてる。ここを可愛がって悦《よろこ》ぶのは男だけだからな。女の身代わりにはしない、その証明だ」

「証明なんかしなくても、信じてます。あなたの言葉に嘘がないって」

「一度は騙した。俺は信用を失ってる」

「いいえ、あなたは騙してません。その…、あなたは一度も、俺を『愛してる』とは言いませんでした。…嘘のつけない人なんだと思います」

「…それでも、お前はずっと俺を好きだと言い続けてたのか」

「好きでしたから…」

「過去形で言うな」

『好き』という言葉を過去形にしなければ、と思っていたのに。彼がそれを否定するのが妙に嬉しかった。

本当に、この人を好きでいていいのだと思えて。

「じゃあ、沢山言ってやらなきゃな。愛してるぞ、中根」

切ない悦びが耳から飛び込み、全身に広がる。

彼の手の中で、気持ちが形になってしまう。

「嬉しいみたいだな」

ソコから伝わって、彼が満足そうに言った。

「誰かに、心から愛してるなんてセリフを贈るのは、お前が初めてだ。一生口にすることなんてないだろうと思ってたが、受け取る相手がいて、それを声に乗せられるのはいいもんだな」

「愛してる」

心に抱えているだけで、微塵も素振りを見せてはいけない恋。

言えば相手を苦しめるとわかっていたから、溢れる想いにフタをして耐え続けていた丹羽さんの恋。

「俺は…、言われると嬉しいです。俺も愛してます」

だから、俺は受け取る。

喜んで受け取る。

「もっと言って欲しいと思うくらいです」

「これから、何時だって言ってやる。心からそう思ってるからな」

けれど彼の唇は言葉を紡ぐ代わりに俺のモノをまた含んだ。

「あ…！」

ねっとりした感触。

「だめ…、離れて…」

言葉だけで感じていた場所は、直接的な刺激に、すぐ限界を迎える。

「丹羽さん…！」

わかってるだろうに、彼が口を離さないから、俺は慌てて身体を起こして彼の頭に手をかけた。

だがそうするべきではなかった。

恥ずかしいから見ないようにしていた光景が、よりリアルに目に飛び込む。

「イクんだろ？」

俺のモノを咥えたまま、上目使いにこちらを見る丹羽さん。

自分のモノが彼の口の中に消えている。舌がそこに絡み付いている。

「う…」

目を逸らし、必死になって俺は射精を我慢した。このままイッたら彼の口の中に…、そんなことだけはできない。

なのに、俺の忍耐を踏み躙って、彼はしゃぶるように音を立ててそこを責めるから、我慢ができなくなる。

「丹羽さん…、お願いだから離れて…。出る…」

「いいぞ」

「いや…っ、だめです。ホントに…」

「俺の覚悟を見せるために、飲んでもいいと思ってたんだが…」

「の…、とんでもないっ！」

「二度とさせてもらえなくなりそうだから、我慢するか」

やっと口が離れる。

濡れた場所は、包んでくれるものがなくなると、少しひんやりと感じる。

「お前の、その物慣れない顔は好きだったな。ずっとそのままでいて欲しいと思うくらい。だが今は、少し違う。その顔を、俺でもっといやらしく歪ませたい。自分のものにするってのは、少し意地が悪くなるもんなんだな」

身体を離し、自分のシャツを脱いで彼が俺の股間に当てる。

「いいぞ」

「でもシャツ…」

「他のものを取りに行ってると、その間にイッちまいそうだからな。ちゃんと見てる。お前がイク時の顔を」

そんなことを言うから、思わず顔を覆ってしまう。

「中根」

その手を解いて、彼が顔を近づける。

「…っと、咥えた口でキスはダメか」

シャツごしになった手で、俺を追い詰めながら、彼は頬にキスをくれた。

「ずっと、自分が嫌だった。どうして実の妹に欲情するような下種な男になったのかと、嫌悪していた。そんな俺を、お前はずっと『いい人』として扱ってくれた」

耳元に届く声。

優しく、穏やかな響き。

「お前に愛されてると、優しい気持ちになれた。お前が惚れてる『いい男』でいようという気になれた。俺のために何でもしようとするお前に、自分の汚いとこを全部消してもらえる気がして、甘えていた。それが惚れてるってことだと気づくのは遅かったが、失う前に気づけた」

だが手は容赦なく動き続ける。

「お前が我慢強くてよかった。…本当によかった」

耳たぶを軽く食《は》まれ、ゾクリとした瞬間、彼が褒めてくれた俺の我慢は限界を越えた。

「あ…、あ…っ！」

包んでくれた彼のシャツを汚し、熱が吐き出される。

痺《しび》れが彼の手の中から全身に拡散してゆき、爆ぜるように抜けて行った。

力が抜け、ぐったりとした俺からシャツを外し、再び彼が触れてくる。

イッたばかりで過敏になっている身体に、彼の手の感触が心地よい。

だがそれは一時のことだ。

最初の日以来そこに触れてこなかった指が、俺の入口を探る。

「あの後、色々調べて、自分がどれだけ酷いやり方をしたか知った。怖かっただろう」

濡れた指。

ぬるりとした感覚。

「今日は大丈夫だ」

何かを使っているのはすぐにわかる。

それを塗り付けているだけなのに、指先が簡単に中に入ってくるから。

「後ろを向け。その方が痛まないらしい」

今日は入れる、と言った彼の言葉を思い出す。同時に、最初の夜に感じた痛みも。

身体は自分の意思と関係なく強ばり、そこがきゅっと窄《すぼ》まる。

丹羽さんはそれに気づいただろうが、何も言わなかった。

濡れた手で俺の身体をそっと抱き、黙ったまま俯せにしただけで。

あの時は、場所を確かめるように指が差し込まれ、すぐに彼が入ってきた。けれど今日は違っていた。

「う…」

指を濡らすローションが何度も足され、彼は丁寧にそこを、そこだけを愛撫する。

襞を広げてその間にも液体を塗る。

まるで女性のように、自分が濡らしているのではないかと思うほど、たっぷりと濡らされると、指の動きがいやらしい水音になる。

他はどこも触られていないのに、だんだんとまた俺のモノが硬くなる。

俯せになった状態で、俺はベッドにしがみついた。シーツを握り、声を殺す。

殺さなければきっと喘《あえ》いでしまっただろう。

それほど彼の指は丁寧に俺を愛撫していたから。

「ん…、ん…」

指は何度か中に滑り込み、抜かれては少しずつ前にも触れてくる。

もどかしいような疼《うず》き。

「あ…」

クッ、と深く入り込んだ指は、そのまま中に留まって内側をかき乱した。

「や…」

咥えるように自分がその指を捉《とら》える。

けれど塗られた液体がするりとそれを逃がす。

そして次には指を増やされ、浅く弄られる。

「丹羽さ…、もう…いいです…」

終《つい》にたまらなくなって、自分から彼を求めた。

「まだキツイだろう」

「痛くても…、平気です…」

「本当に？　途中では止まれないぞ？」

「いいです…」

答えながら身体に力が入る。

「…わかった」

指が引き抜かれ、またローションが足される。

腰を抱え上げられるから、内股を伝って液体が零れてゆく。

ひたり、と押し当てられる肉塊。

痛みに備えて、強くシーツを握る。

だが彼はすぐには入ってはこず、彼自身をそこに擦り付けた。

肉が擦れる感覚に鳥肌が立つ。

それから、彼は指で入口を広げ、先を少しだけ入れた。

グッと肉を押し広げそのまま止まり、前を握る。

「…あっ」

弄られているうちにまた硬さを持った場所が、手に翻弄される。

ヒクッと震え、呼吸に合わせて力が抜けるタイミングを計って、少しずつ彼が入り込んでくる。

「い…っ」

痛みはあった。

けれどこの前のように恐怖を感じるほどのものではなかった。

「あ…、あ、あ、あ…っ」

彼が入ってくると、押し出されるように声が零れる。

少しずつ俺を広げて、一度はするりと離れ、再び咥えさせられ、彼が俺と繋がる。

そうだ…、今度は『繋がる』という言葉がぴったりだった。前の時はまるで、俺という肉をまとわせるように容赦なかったのに、今日は少しずつ様子を確かめるように、何度も、何度も、押し進めてくる。

本気で、俺のことを考えて、傷つけないようにしてくれているのだ。

同じ男として、彼がどれだけ飢え、餓《う》えているかわかる。早く楽になりたいと思っているか想像がつく。

なのに丹羽さんは俺のために、ゆっくりと動いてくれているのだ。

それを思うと、肉欲ではない快感が走った。

「もう…、大丈夫ですから…」

彼を楽にしてあげたい。

「動いて…」

自分も、彼を受け入れたい。

「中根」

「平気…。もう、あなたの好きにして…」

わかるでしょうか?

俺が今、どれだけ嬉しいか。

諦めていたんです。あなたのことは忘れなければいけないと。全てを終わりにして、なかったことにしなければならないと。

なのに今、こんなにも大切に愛されている。

夢のようだ。

そして感じる痛みが、これが夢ではないと教えてくれる。それなら、この痛みすら、喜びでしかないんです。

「あ…」

グッ、と貫かれて、内側に彼を感じる。

辛いのは入口だけで、受け入れてしまうと内側はただただ圧迫感があるだけだった。

「…ひ…っ」

彼が、動く。

肉が擦れる。

前が握られ、快感を与えられる。

けれど苦しくて、さまざまな感覚がごっちゃになって、目眩がする。

突き進む、というより一緒に揺れるように身体を動かして、深く俺に収めると、そこから彼は自分のために動き出した。

「あ…」

もう抜けないとわかって、手が、俺に触れる。

指が、背中を撫で、胸を弄り、前を握る。

「あぁ…、や…」

痛みだけでは消せない快感が、後から後から湧き上がってくる。

「中根…」

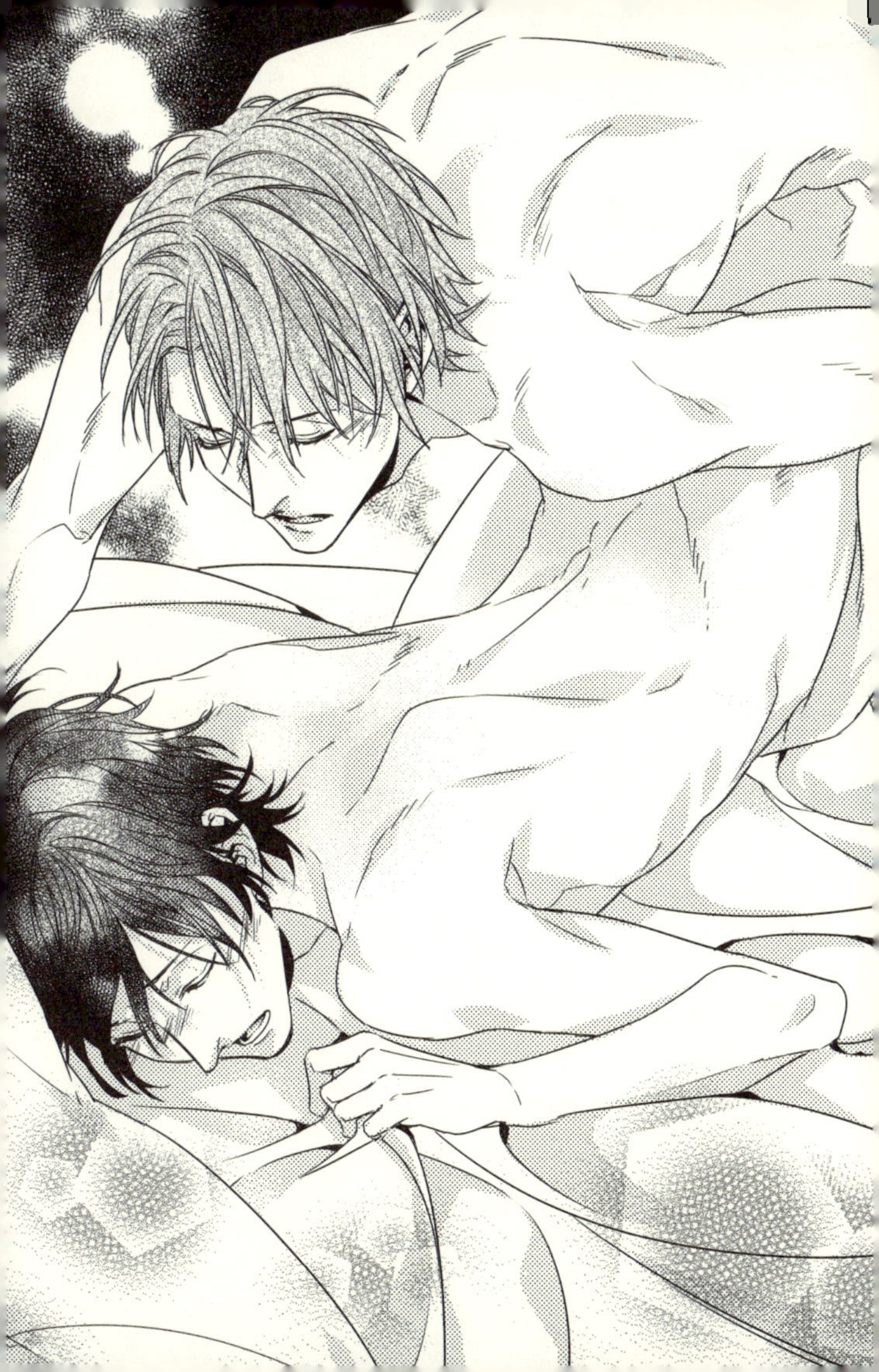

少し苦しそうな彼の声。

「有希、だったな…、下の名前」

ああ、本当に。

この胸を開いて見せてあげたい。

俺がどんなに幸せか。

「有希」

彼が、俺の名前を呼ぶ。

「愛してるぜ…」

あの時は、『俺を愛してるんだろう？』『俺に愛されたいんだろう？』と問いかけられた。

彼の気持ちではなく、俺が彼をどう思っているかしか訊かれなかった。

でも今は、彼が自分の気持ちを口にしてくれる。

「…有希」

あの夜、別の人の名を口にしていた彼が、自分の名前を呼んでくれる。

「…さ…、丹羽さ…」

それが俺に涙を流させるほどの喜びを与えてくれることを、彼に伝えたかった。

愛されて、嬉しいと。

いくらでも愛して欲しいと。

けれど、そんな余裕もなく、ただ俺は彼の名前だけを繰り返した。

その名前に全てを込めるように。

「丹羽さ…ん…っ」

本当に嬉しくて…。


「大切にしてやるよ。お前がいやってほどかまい倒してやる。中根が、俺に愛する者を好きなだけ愛せる喜びを教えたんだから、覚悟しとけよ」

そう言った丹羽さんは、動けなくなった俺を軽々と抱き上げてバスルームに運んだ。

いいです、というのに、俺の身体が傷ついていないかを確認し、温かなシャワーで洗い流すと、湯を張った浴槽に、俺を抱えたまま身を沈めた。

子供を抱っこするみたいに俺を取り込み、優しく抱き締め、甘えるように顔を擦り寄せた。

俺はこの人に愛されたかったけれど、この人は誰かを愛したかったのだ。

そしてその相手を、俺に決めてくれたのだ。

そう思うとまた喜びが身体に溢れる。

「小出はもう戻すから、お前も俺の隣に戻ってこい」

願ってもないことなので、それにはすぐに返事をする。

「はい」

けれど次の望みには少し戸惑った。

「小出の面倒はもう見るな」

「でも…」

「俺がヤキモチを焼く。中根は俺のものなんだから、他のヤツに優しくする必要はない」

子供みたいなセリフに口元が緩む。

「小出は、丹羽さんに憧れてるんですよ？　あなたみたいになりたいって」

「だとしても、暫くはあいつに近づくな」

「暫くって、何時までですか？」

「中根が俺と暮らすと言い出すまでだ」

「…え？」

驚いて振り向くと、彼はニヤリと笑ってキスをした。

「嫌か？」

「いいえ、嬉しいですけど…、みんなに変に思われたり…」

妹さんにどう思われるか。

「もう少し広い部屋へ引っ越せばいい。今時はルームシェアっていい言葉があるからな。本当は、他人に知られてもいいぐらいに思ってるが、さすがにお前のご家族にはショックが強いだろう」

「…丹羽さんのご家族には？」

「俺はいい。お前が愛することを許してくれてれば、他の誰に許されなくても、認められなくてもいい。お前のお陰で、今俺は満たされてる。恋をして、こんな幸福を味わうことができるとは、思わなかった。今まで、何も出来ずにただ自分を押し殺すことしかできなかった。だから、これからは好きにやる」

高慢な笑み。

怖いくらい自信に満ちている、彼らしい微笑み。

「俺は手に入れられるものは手に入れる主義なんだ。仕事でも何でもな。諦める理由がないのに足踏みするのは嫌だ。お前を手に入れるのに、俺が諦めなければならない理由があるか？」

俺は首を横に振った。

「いいえ、一つも」

この人が好きだ。

「それじゃ、明日から、俺は小出と仲良くすることにします」

「中根」

「だって、初めて懐いてくれた後輩ですから、大切にしないと」

「俺が言ってたことを聞いてたのか？」

「もちろんです。だから、明日から小出に近づいてもいいんでしょう？」

俺の言いたいことがわからないかのように、彼が口をへの字に曲げるから、俺はちゃんと言葉に出した。

「すぐにでも一緒に住みたいです。丹羽さんに思いっきり愛されたいです。だから、小出と仲良くするのは許してもらいます」

好きなんですよ。

他の人なんか目に入りませんよ、と。

「…いいだろう。だがほどほどにしてくれよ」

もう一度唇を寄せてくる彼の腕の中で。

彼の愛にのぼせそうになりながら…。

女神の許容

生のエビを買ってきて、殻を剥《む》いたらカレー粉をまぶして冷蔵庫に寝かせておく。

一緒に入れるイカは軽くボイルしておく。

小さいカキを買って、それにはたっぷりの塩コショウ。

タマネギは半量をみじん切りにして飴《あめ》色になるまでよく炒《いた》め、残りはクシ切りにしておく。みじん切りの分は味のため、煮込んだ時に溶けて甘みが出るようにだが、クシ切りの方は形を残しておくためだ。

ジャガイモを入れるなら、別茹《ゆ》でにする。

イモは煮ると煮崩れてルーが粉っぽくなるから。

ニンジンは薄くスライスしてからイチョウ切りに。

炒めたみじん切りのタマネギが入った鍋に水を入れ、ニンジンとカキを入れて煮込む。

カキは硬くなるけれど、小さいのを買ったのは歯ごたえを出すためなので問題ない。

市販の辛口のルーに、一欠片だけハヤシのルーを入れ、お好みでカレー粉も追加。

その間にエビとイカをソテーして、出来上がる直前のカレーの中にジャガイモとそれを入れる。

そうしたらすぐに火を止めること。

海鮮は煮込むと硬くなるから。

以上が、俺が友人から教わったエビカレーの作り方だった。

やることは個別に。

面倒でも素材ごとに調理。

そして手早く一気に、というわけだ。

約束をやっと果たしてそれを作った時、丹羽《にわ》さんは美味しいを連発して、二皿もたいらげてくれた。

「料理屋が開けそうだな」

「味付けは市販のルーですよ」

自分でもまあまあの出来だったと思う。

けれど、このカレーのように、自分達の生活には、個別に、素材ごとに対応し、一気にやらなければならないことが山ほどあった。

まずは仕事。

丹羽さんはすぐに俺を自分のところへ戻すようにと申請してくれたが、ありがたいことに芦田《あしだ》さんが俺を気に入ってくれて、トヨシマ自動車の一件が全て終わるまでは戻ることができなかった。

と言ってもたかだか一週間程度のことだったけど。

次に小出《こいで》のことだが、彼が俺がすっぽかしてしまった合コンで彼女が出来たと報告すると、丹羽さんの態度は軟化した。

ただ、俺や丹羽さんにも合コンのお誘いをすることには辟易《へきえき》していたようだが。

デスクは元に戻して、小出は別の人の下に入ると告げると、彼は少し残念そうな顔をした。

「やっぱり俺は使いものにならなかったんですね」

しょげる小出に、丹羽さんはその頭を撫でてやった。

「今すぐ使いものになったら俺の立場がないだろ。小出は粘りが足りないから、それを学んでこい。お前ならすぐに覚えるさ。女を口説けるんだからな」

と笑いながら。

この人は、他人の痛みを知っている人だ。

だからいつも言葉が心に届く。

そして引っ越し。

根回しの上手い丹羽さんの計画にそって、俺は近々更新だという嘘を、小出に漏らした。

しかもその時家賃が上がるのがキツイと。

こういう時にも小出は役に立つのだと思った。

「えー、そんなのいっそ引っ越したらどうですか？　今時更新で家賃値上げなんてないですよ。敷金礼金だってないのが当然なんですから」

彼はわざとではなくフロアに通る大きな声でそう言ってくれたから。

そこへ丹羽さんが、さも今話を聞いたというふうに顔を出す。

「何だ、中根《なかね》引っ越すのか？」

「いえ、まだ…」

「俺も引っ越したい物件があるんだけど、一人で住むには割高でな。もし本当に引っ越すなら、俺と同居するか？」

さすが、営業のトップ。

顔色一つ変えずに言ってのけ、さらに流れを上手く自分の望み通りに引き込む。

「今、ルームシェアって流行なんだろ、小出」

「あ、それがいいですよ。丹羽さんなら稼いでるから、家賃負けてくれそうじゃないですか」

「メシが作れれば割り引いてやるよ」

俺はまだ修行が足りなくて、ちょっと顔が強ばった。

「料理なら…、友人に習ってるので、結構上手いですよ」

「ほう、そいつはいいな」

さも初めて聞いたという顔で、丹羽さんが感心する。

「チャンスですよ、中根さん。絶対今よりいいトコ住めますよ」

「…うん」

「遠慮する必要ないですよ。相手は丹羽さんですよ？　うちの稼ぎ頭じゃないですか」

丹羽さんの目が、『よしよし、いいぞ小出』と言ってるのがわかる。

でもここで即答するのはまだ気まずくて、俺は少し言葉を濁した。

「じゃあ、丹羽さんの借りたい部屋っていうのを見せていただいてから考えます」

けれどこれで俺達が同居することになっても、誰も怪しむ者はいないだろう。

そしてこの一件で、丹羽さんは小出の活用法を見いだし、可愛がることに決めたようだった。

と、ここまではいい。

何もかも思った通りにことが進んで、俺も辛いことも苦しいこともなかった。ちょっと恥ずかしいことはあったが。

問題はこの後だった。

煮込むと硬くなるから、一気に手早くやってしまわなければならない最後の仕上げ。

つまり、雛乃《ひなの》さんの面談だ。

「お前が別れるって言っちゃったんだから、そこんとこ訂正しろよ？」

もうすっかり彼女への恋を終わらせて強気になった丹羽さんは、妹さんにちゃんと連絡先を教えていた。

結婚式で、兄から俺とは『別れない』と宣言された雛乃さんは、悶々としたまま新婚旅行を終えると、すぐに丹羽さんに連絡してきて、もう一度詳しい話を聞きたいと詰め寄ったらしい。

「どうしても二人一緒に会いたいんだとさ」

と言われても。

顔面蒼白で、冷や汗ものだった。

「でも俺…、色々失礼なことを言って…」

「大丈夫だ。俺を守るための嘘だったと言えばいい」

「でも…」

「俺とこの先ずっと一緒にいるなら、雛乃は避けて通れないぞ?」

わかっている。

わかってはいるけれど、まだ心の準備が…。

「時間が経つと、態度が硬化するかもしれないしな。手早く丸め込んだ方がいい」

簡単に言うけれど、気持ちは複雑だ。

いや、彼にしてもこれは簡単なことではないのだろう。

恋は終わったとしても、大好きな妹に、自分が同性愛者だと告げるのには勇気がいるはずだ。

それを口にせず、俺をちゃんと紹介してくれようというのだ。

それを思うと、断ることはできない。

「わかりました。お会いします」

ということで、俺は最大の試練であり、恋の仕上げに向けて、一歩を踏み出すことになってしまった……。

丹羽さんが用意したレストランは、俺も何度か来たことのある、仕事に使う店だった。和食が美味いというのもあるけれど、完全個室で、中の話が外に漏れないので、打ち合わせにはもってこいなのだ。

モダンな障子に囲まれたテーブル席。

テーブルの向こうには、雛乃さん、こちら側に俺と丹羽さん。

蛇に睨まれたカエルというのはこういうことを言うのだろう。

部屋に入った瞬間から、俺の背中には滝のような汗が流れていた。もちろん、熱いからではない。

憮然、とした表情の雛乃さんは何度も俺と丹羽さんを見比べていた。

やはり目元が、兄妹よく似ている。

「で…、本当はどっちが襲ったの？」

唐突な質問に答えられずにいると、丹羽さんがけろりとした顔で「俺だ」と答えた。

「告白は中根からだったが、俺が酔いに任せて押し倒した」

その途端、彼女の表情が曇る。

「いえ、あの…。俺が…」

と小声でフォローを入れたつもりだったのだが、二人には無視されてしまった。

「こいつは自分が罠に嵌めたと言ったらしいが、それは間違いだ。俺が付け込んだんだ。妹に事実を告げるのは可哀想だと思って、自分が悪い的な発言をしたんだろうが、そこも可愛いだろう？」

「実の兄ながらケダモノっぷりに驚きだわ」

「男ってのはみんなそんなもんだ」

「いえあの…」

「この人のどこがいいの？　女っぽいわけじゃないし、それなりにハンサムだけど、よろめくほどでもないでしょう？」

その通りです。

俺が丹羽さんに愛されたのは、彼の苦しみを分かち合えるたった一人の人間だからです。

でもそれは言えないから、丹羽さんにはその問いに答えることなんかできないだろうと思っていた。

「可愛いからだ」

「…この人が？」

「見かけじゃない。中身だ。健気で、努力家で、我慢強い。正直言うと、俺は気の強い女が好きだった」

妹さんのような？

「だが、こいつに会って、尽くされる喜びを感じた。押し付けがましくあれをしてやった、これをしてやったと言わず、黙って努力してる姿が、可愛いと思えたからだ」

「…ノロケ？」

「お前が訊いたんだろう」

「じゃ、中根さん」

「はい！」

「あなた兄のどこがいいわけ？」

問われて、俺は丹羽さんを見た。

「正直に言えよ」

彼に促され、ゆっくりと口を開く。

「優しい…、人なので」

「優しい?」

「丹羽さんは…、仕事のできる上司で、憧れてました。でも彼…、丹羽さんは、だからと言ってできない人間を下に見たりしませんでした。失敗しても、大丈夫だと笑ってくれる人でした。だからこの人に認められたいと思って、追いかけてるうちに…」

好きになったんです、という言葉は呑み込んだ。きっと彼女は聞きたくないだろうと思って。

「俺は優しくなんかないぞ。優しくなりたいとは思ってるが」

「優しいです。親切にするというだけの意味じゃありません。丹羽さんは、他人の痛みのわかる人です。それが優しいってことです」

「…お前を傷つけたのに?」

「それは…、俺が悪いから…」

ここで具体的なことは言えないから、また言葉を濁す。

「もういいわ。わかったわ」

彼女は大きなため息をついて、俺達の会話を遮った。

「絶対お芝居だと思ってたのよね」

「芝居?」

丹羽さんが聞き返すと、彼女はジロッと彼を睨んだ。

「学生時代、彼女を取っ替え引っ替えしてたのに、どうして突然男に走るかって思うでしょう？　それに、中根さん。あなた兄と知り合ったのは会社に入ってからよね？」

「え？　あ、はい」

「でも兄さんが家を出たのは大学卒業してすぐだったわ。あなたとの恋愛で家を出たわけじゃないってすぐにわかるわよ」

それは…、そうかもしれない。

「大学卒業と同時に男に目覚めたんだ」

けれど丹羽さんはしれっとした顔で言ってのける。

「それが本当かどうかは別として、二人が恋人だっていうのが事実なのは認めることにするわ。でなけりゃ、こんなこっ恥ずかしい会話、できるわけがないもの」

彼女の視線が、今度は俺に向けられる。

「兄は返せないって、言ったわね？」

「…はい。あの時はすみません」

「返さなくていいわ」

「…え？」

意外な言葉に、俺は彼女を見返した。

一瞬目が合い、彼女の美しい顔にため息まじりの苦笑が浮かぶ。

「私が反対するのは、同性愛者だからじゃないもの。お互いの気持ちが同じじゃないのに、騙すようにして関係を持つことが許せないの。兄さんが一方的にあなたをどうこうしたんじゃなく、あなたも兄さんを罠に嵌めたんじゃないなら、私に言うことなんてないわ。ただ、外道な兄には呆《あき》れるけど」

「痛ッ」

テーブルの下で彼女は丹羽さんの足を蹴ったらしい。隣にいる彼の顔が歪んだ。

それから、彼女はまた丹羽さんを睨みつけ、三度目のため息をついた。

「ロイヤルコペンハーゲンの朝食セット」

「何?」

「大皿からカップから全部よ。結婚祝いにもらっといてあげる」

「俺に買えってか?」

「音信不通だった上、妹をこんなに驚かせたのよ？　それぐらい当然でしょう。そしたら、ちゃんと付き合い直してあげる。兄さんの選んだ人とも」

彼女は、丹羽さんの妹なんだな。

彼が好きになった女性なんだ。

聡明で美しく、気が強いけれど、理が通っている。

そして清々しいほど気っ風がいい。

「フルセット幾らだと思ってんだよ」

「高いわよ。でもね、それで相談相手が手に入るなら安いもんでしょう？」

「俺がお前に何を相談すんだよ」

「バカね。兄さんじゃないわよ。中根さんよ」

「中根？」

「兄さんに酷いことされたって、泣きつく先が一つくらいあった方がいいでしょ？　そのために投資しなさいよ」

「…仕方ねぇな」

「買ってくれるの？」

「欲しいんだろ？」

雛乃さんは、今日初めてその顔を綻ばせた。

きっとそれが、丹羽さんを魅了したのであろう、柔らかい微笑みで。

「本当にその人のこと、好きなのね。よかったわ」

その一言を聞いた時、俺は『もしかして』と考えた。

もしかして、この聡明な女性は丹羽さんの気持ちを察していたのではないだろうか？

だからどうしても自分の結婚式に出て欲しかった。自分は他の人のものになるから、もう終わらせてというつもりで。

そして俺を恋人だと言う彼の言葉も信じ切れなかったのでは？

「雛乃さん」

事実は確かめない。

確認していいことなど一つもない。全ては過ぎたことだ。

「俺が、この人を好きになったんです。そして今は、ちゃんと愛されてるって実感してます。たとえ最初がどんな形であっても、俺は丹羽さんと一緒にいると幸せですし、彼もそれを望んでくれてると信じてます」

だからせめて、これだけは言っておこう。

あなたのお兄さんを幸せにしたいんです。

あなたのお兄さんに幸せにしてもらいます。

だからもう、何も心配しないでください、と。

「…ばかばかしい。ノロケられるのはもう沢山。私だって新婚なんですからね。いくらだって甘える先はあるんだから」

彼女は俺の言葉の意味がわかったのかわからなかったのか、そう言うと席を立った。

「おい、料理まだだぞ」

「こんなバカップルと一緒に食事なんかできますか。二人でゆっくりすればいいでしょ。私はもう帰るわ」

「お前なぁ…」

「中根さん。バカ兄だけど、よろしくね」

いや、きっとわかったのだろう。

そう言った彼女の顔はとても穏やかに優しかったから。

「…勝手なヤツだ」

雛乃さんが出て行くと、丹羽さんはタバコを取り出した。

そういえば、喫煙席なのに今まで全然タバコに手を伸ばしていなかった。彼もまた緊張していたのかもしれない。

「素敵な女性でしたね」

「もう人妻だぞ」

「そういう意味じゃないです」

「…もう人妻だ。そのうち子供でも抱いてくるさ」

彼はそう言うと、空いた席を見つめながら、俺の肩を抱いた。

まだ時々は心が痛む時があるかもしれない。でもそんな時は今みたいに俺がいることを思い出して欲しい。

これからは、俺があなただけの恋人だから。

「ロイヤルコペンハーゲン、俺も少し出しますよ」

「もっと稼げるようになったらな」

「結婚のお祝いです。贈りたいんです」

「…そうだな。お前はあいつにとって兄嫁みたいなもんだからな」

これから、ずっと…。

あとがき

初めまして、もしくはお久しぶりでございます。火崎勇《ひざきゆう》です。

この度は『許される恋』をお手に取っていただき、誠にありがとうございます。

イラストの駒城《こましろ》ミチヲ様、素敵なイラスト、ありがとうございます。担当のS様、色々とありがとうございました。


ここからネタバレありますので、お嫌な方は後で読んでくださいね。

正直に言います。丹羽って、身勝手。（笑）

丹羽があんなことしなければ、中根だってそっと見守るだけの片想いで終わっていたのに。自分が辛いからってあんなことするなんて、ですよ。

でも、翌朝の彼の驚きも、可哀想と言えば可哀想かも。

自分のしたことを覚えていて、血まみれのシーツを見た時、彼は彼なりに中根を幸せにしてやろうと心に決めたのです。

自分は不幸だった。自分の愛する人は、自分の手で幸せにできない。でも自分を慕ってくれる中根は、自分が幸せにしてやれる。それなら、彼を大切にして、幸せにしてやりたい、と本当に思ったのです。

そして初めて中根をそういう対象として見た時、彼の一途さと健気さに惚れちゃったわけですね。

で、めでたくそういう関係になった今は、たとえ男同士であろうと、思いっきり愛せる恋人を、好きなだけ愛してやることに決めたわけです。

ですから、これからは中根は幸せ満喫でしょう。というか、丹羽の大っぴらっぷりに驚くかも。

愛してると言ったりベタベタするだけでなく、二人だけで旅行しようとか、同居しようとか、家でペアルックしようとかも言い出すかも。

それだけに、もし中根狙いのライバルが現れたりすると、大変です。

独占欲丸だしで、「こいつは俺のものだ。俺が幸せにすると決めたんだ。お前になんか絶対に渡すか！」と、宣言するでしょう。

なのでまあ、二人は幸せです。

ちなみに、妹が丹羽の気持ちに気づいていたかどうかは、謎のままで…。

それではそろそろ時間となりました。

またいつかどこかでお会いできる日を楽しみに。皆様ご機嫌好う。

中根くんが
お料理してる後ろから
邪魔してくる丹羽さんの図。
これからどんどん
愛し愛されてください♡
ありがとうございました!!
駒城ミチヲ

ガッシュ文庫

許される恋
（書き下ろし）
女神の許容
（書き下ろし）

火崎 勇先生・駒城ミチヲ先生へのご感想・ファンレターは
〒102-8405 東京都千代田区一番町29-6
（株）海王社 ガッシュ文庫編集部気付でお送り下さい。

許《ゆる》される恋《こい》

2013年9月10日初版第一刷発行

著　者　火崎 勇 [ひざき ゆう]
発行人　角谷 治
発行所　株式会社 海王社
〒102-8405 東京都千代田区一番町29-6
TEL.03(3222)5119(編集部)
TEL.03(3222)3744(出版営業部)
www.kaiohsha.com
印　刷　図書印刷株式会社

ISBN978-4-7964-0480-8

KAIOHSHA　ガッシュ文庫

火崎 勇 presented by You Hizaki
湖水きよ
舌先《したさき》の魔法《まほう》
Magic of a chocolate
お前の舌が、言葉が、
身体が、すべて欲しい。
海外帰りのショコラティエ・小笠原は、恋愛よりも、常に仕事優先。同性のセフレは数人いたが、どれも長続きはしなかった。そんな折、店を取材したいという雑誌編集者の玉木に出会う。繊細な容姿も仕事に対する姿勢も好みなのに、「甘いものは苦手」と彼は言う。―俺の味に、俺自身に惚れさせてみたい。小笠原は、プロとしてのプライドも刺激され、彼が満足するチョコを作ろうと試行錯誤するが…。見た目も腕も極上のショコラティエ×憂いを抱える編集者の甘い一粒の恋。